오르부아 에두아르

AU REVOIR
안녕, 또 봐, 두고 봐, 새로 봐봐?

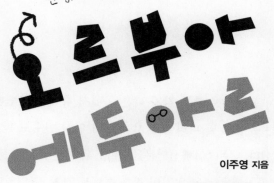

오르부아
에두아르

이주영 지음

나는 프랑스 책벌레와   이혼했다

드디어, 마침내, 기필코

나비클럽

지난여름 우리 부부는 각자 다른 곳에서 휴가를 보냈다. 에두아르는 유럽 몇몇 나라를 옮겨 다니며 언어 연수도 받고 홀로 여행했다. 나는 《여행선언문》 홍보를 위해 한국을 방문했는데 지방 곳곳에 북토크 일정이 잡혀 여행도 겸할 수 있었다. 우리는 왓츠앱으로 거의 매일 정해진 시간에 연락을 주고받았다. 떨어져 있어도 떨어져 있다는 느낌이 없었다.

"굿모닝! 주영!"

"뭐야? 왜 영어로 말해?"

"I'm in London now!(나 지금 런던이야)"

"훗, 그래서 영어?"

그 후로 에두아르가 어느 나라 말을 쓰느냐에 따라 그가 지금 어느 곳에 있는지 단번에 알 수 있었다.

열흘쯤 뒤 그는 "본조르노(좋은 아침)!"라고 이탈리아어로 인사했다. 다음 날 에두아르는 평소와 다른 시간에 전화를 했다. 이상하게도 이번에는 프랑스어였다.

"왜 메시지 확인을 안 하는 거야?"

"뭐야? 벌써 프랑스로 돌아간 거야?"

그는 어젯밤에 이탈리아에 도착했는데 프랑스일 리가 있냐며 황당해하더니, 지금은 바빠서 통화할 상황이 못 되니 메시지를 확인하라는 말을 남기고 급하게 전화를 끊었다. 대체 무슨 메시지이길래?

'오늘 아침에 숙소에서 한국인 등산객들을 만났는데, 그중 한 명이 세월호 유가족 심리 상담을 하는 분이었어. 내가 네 책을 열심히 홍보했더니, 그녀가 책을 꼭 살 거라고 약속했어!'

이게 바쁜 와중에 전화해서 얼른 읽으라고 독촉까지 할 메시지인가? 생색을 이렇게 내나? 웃음이 나왔다. 웃다가 갑자기 걱정이 되었다. 눈치코치 없는 주책바가지 책벌레 에두아르가 얼마나 진상을 떨며 그분을 괴롭혔을까? 나는 곧장 인스타그램에 에두아르와 주고받은 메시지 내용과 함께 그분에게 드리는 사과문을 적었다.

몇 주 후, 드디어 그분이 내 글에 댓글을 남겼다. 그녀의 글은 '남편분 팔불출 맞고요'로 시작했다. 아⋯ 못 산다.

"뭐래? 책은 사셨대?"

에두아르가 눈을 반짝이며 재촉했다.

"응, 《나는 프랑스 책벌레와 결혼했다》를 샀대. 근데 네가 내 책을 홍보한 게 아니라, 내 자랑을 했다는데? 대체 뭐라고 한 거야? 너의 선한 표정에서 세상에 대한 깊은 관심과 아내에 대한 사랑이 느껴졌대."

"우헤헷! 내가 거짓말을 좀 했지."

나는 그분이 우리를 만나고 싶어 하고 우리 부부를 응원한다는 마지막 문장까지 에두아르에게 번역해주며 문득 씁쓸해졌다. 여름휴가를 마치고 얼마 되지 않아 우리는 이혼하기로 합의했기 때문이다. 프랑스에서는 우리처럼 합의가 잘된 이혼을 하는 경우에도 이혼하려면 시간이 많이 걸린다. 우리는 지금 이혼을 앞둔 부부로 살고 있다.

내 표정을 읽은 에두아르가 손에 들고 있던 꿀병을 내밀며 한국어로 말했다.

"머거!"

나는 평소 꿀을 먹지 않지만, 씁쓸할 때는 달콤함이 필요하다. 꿀병을 받아 들다가 떨어뜨리고 말았다. 꿀병은 멀쩡한데 식탁 위에 있던 머그컵이 깨졌다.

"또 떨어뜨렸네…. 우리 결혼 선물로 타실로가 독일에서 가져온 건데….”

요즘 들어 손에 힘이 풀려 걸핏하면 물건을 떨어뜨린다.《여행선언문》원고를 마감한 후 생긴 증상이다. 초고를 받아본 편집자는 인문학적 설명이 너무 많아 지루할 수 있다는 이유로 원고의 상당 분량을 덜어내자고 했다. 그러지 않으면 벽돌책이 될 판이라고 했다. 원고량이 많다는 소리는 그만큼 손가락을 많이 움직였다는 것이다. 손마디가 병들 만큼 글을 많이 썼는지는 모르겠지만, 내가 사용하고 있는 노트북 키보드가 타사제품보다 뻑뻑한 건 확실하다.

“안 되겠다. 지금 당장 노트북 사러 가자!”

“아니, 됐어. 원고도 마감했는데 뭘.”

“앞으로는 글 안 쓸 거야?”

“한국 가서 살게.”

에두아르는 내 말을 한 귀로 흘리며 나갈 채비를 한다. 집 근처 쇼핑몰에 있는 프낙*으로 향했다.

“저, 이 노트북으로 할래요.”

“아니, 왜요? 거의 같은 가격에 저 제품이 훨씬 용량도 크고

---

* 　프낙(Fnac): 책, 음반, 전자제품 등을 파는 프랑스 체인점.

좋다니까요!"

　친절한 점원은 답답한 듯, 에두아르 쪽을 바라보며 다시 말했다.

　"만약에 제 아내가 저걸 놔두고 이걸 산다고 한다면 결사반대할 거예요."

　에두아르가 흐뭇한 표정으로 답했다.

　"제 아내는 이 노트북 자판이 마음에 들어서 사겠다는 거예요."

　점원은 5년째 이 일을 하는데 자판이 마음에 들어서 구매를 결정하는 손님은 처음이라며 어이없다는 표정을 짓는다. 에두아르는 점원이 황당해하는 것을 마치 기다리기라도 한 듯하다. 눈빛에서 '앗싸!' 한다.

　"제 아내는 작가거든요. 우리 일반인이 컴퓨터로 글을 쓰는 것과는 차원이 다른 양을 타이핑해야 하죠. 자판이 부드럽지 않으면 손가락 마디가 아프다는 걸 우리 같은 사람들은 상상이나 하겠어요? 작가는 책으로 만들어져 나온 글만 쓰는 게 아니에요. 보통 300쪽 정도의 책을 만들려면 A4용지 80장은 써야 하는데, 제 아내는 100장도 넘게 쓰고 편집하거든요. 그 100장은 그냥 100장이냐? 절대 아니에요. 글을 썼다 지웠다 썼다 지웠다 반복하고 반복해서 100장을 쓰는 거니까, 타이핑을 얼마나 많이 했겠어요? 그러니까 내 말은 아내가 이 노트북 사는 걸 말릴 생각이 전혀 없다고요. 중요한 건 노트북의 용량이 아니라 작가의 손가락이잖아요? 어쩌고저쩌고 우하하핫 저쩌고어쩌고…."

누가 보면 내가 무슨 엄청난 대하소설이라도 쓰는 대단한 작가인 줄 알겠다. 그만 좀 하지 싶지만, 그의 주접을 뜯어말리기에는 그가 너무 신나 있다. 직원은 더 이상 에두아르의 수다를 들어줄 수 없었던 것인지, 아니면 작가 손가락의 중요성을 인식한 것인지 알 수 없지만, 두말 않고 내가 고른 노트북을 창고에서 들고 나왔다.

계산대에서 순서를 기다리는데, 에두아르는 뭔가 찜찜한 듯 주저한다.

"왜?"

"먹다 남은 사과가 그려진 노트북을 사주고 싶었는데…. 그걸로 바꿀까?"

"아니, 나 사과 싫어하잖아."

쇼핑몰을 빠져나오면서 나는 자꾸 남성복 매장 쇼윈도로 눈길이 간다. 몇 주 후면 에두아르의 생일이다.

"저 재킷 예쁘지 않아? 가슴팍에 붙어 있는 악어도 믿을 만하고."

"아니, 나 악어 싫어하잖아."

마치 '싫어하잖아'가 후렴구인 창작시를 번갈아 읊고 있는 듯한 우리의 대화가 웃겼던 것일까? 옆에 있던 노부인이 소리 내어 웃는다. 그러고 보니 그 노부인은 프낙 계산대에서부터 나를 힐끗힐끗 쳐다보며 말을 걸고 싶어 하는 눈치였다. 그녀가 우리 뒤를 따라왔다니. 뭐지?

노부인이 수줍은 얼굴로 나를 쳐다보며 말했다.

"저… 영화 잘 봤습니다."

"네?"

"영화배우 아니세요?"

노부인은 얼마 전 아시아 영화 한 편을 봤는데, 내가 그 영화의 여자 주인공하고 너무 닮아서 그 여배우인 줄 알았다고 한다. 에두아르는 그 영화 제목이 뭐냐고 집요하게 물었지만, 노부인은 끝내 제목을 기억하지 못했다.

집으로 돌아오는 차 안에서 에두아르는 노부인이 무슨 영화를 봤을지 계속 궁금해했다. 뭐가 그리 좋은지 싱글벙글 입을 다물지 못한 채 말했다.

"내가 본 아시아 영화에 등장한 여자 주인공은 하나같이 아주 예뻤어!"

"푸하하하하. 그래, 전처가 못난 것보다는 예쁜 게 낫지!"

우리는 한바탕 웃었다. 묘하게 기분 좋다. 이혼 후 시작될 우리의 새로운 관계가 기대된다.

차례

4   프롤로그

15   무스 오 쇼콜라

21   세상은 변한 게 없네

26   요리 수업

38   나는 탐정이 되고 싶었다

50   나로 나로 복귀한다

57   생활의 다정함

69   우리의 이혼 사유

76   한번 동서는 영원한 동서

88   우리 이혼합시다

97   명예에 대하여

108   나와 화해하기

118   겁 없는 50대

125   관계는 변해도 유지되는 것

135   태어나서 가장 잘한 일, 결혼

146   위로에 대하여

155   사연이 많다는 축복

163   흔적 남기기

175   머리로 한 결혼, 가슴으로 한 이혼

188   이혼은 잘못이 아니다

196   로맨스가 시작됐다

205   나의 가장 특별한 친구

213   주영에 대하여 by 에두아르

226   에필로그

무스 오 쇼콜라

레몬케이크, 타르트타탱, 초콜릿브라우니, 티라미수….

"아…, 뭘로 하지?"

저녁에 여자들만 모이는 가족 파티가 있다. 가져갈 디저트를 고민 중이다. 에두아르는 떨어지는 콩고물을 기대하는 듯 '무스 오 쇼콜라Mousse au chocolat'를 적극 추천했지만 그건 너무 자주 해서 재미없다. 아침나절 고민하다 동네 슈퍼로 향했다.

슈퍼에서 나탈리를 만나면 좋겠다. 나탈리는 미국에서 오래 살았다. 칼로리는 높아도 맛있는 미국식 퓨전 디저트를 잘 만든다. 남편 직업 때문에 세계 이곳저곳에서 살아온 나탈리는 여러 나라에서 살아온 나를 잘 이해하는 친구다. 그녀라면 오늘 저녁 디저트 선택에 도움을 줄 텐데. 혹시 나탈리가 미국식 초코칩 쿠키를 만들어주겠다고 나설지도 모른다는 생각에 슈퍼 가는 길이 즐겁다.

나탈리와는 수요일과 목요일 오전 내내 동네 작업실에서 함께 그림을 그린다. 집으로 돌아오는 길이면 둘이서 슈퍼에 들러 점심으로 무얼 먹을지 고르곤 한다. 언젠가 나탈리가 슈퍼에 들어가자마자 대파를 집어들고는 나에게 물었다.

"오늘 점심 때 뭘 먹지?"

대파를 보자 중국에서 오래 살았던 친구의 말이 생각났다.

"중국 사람들은 꽃빵에 생파를 반찬으로 먹기도 한대. 대파를 썰지도 않고 그냥 입으로 베어 먹는대."

"너 그렇게 먹어본 적 있어?"

"아니, 없어. 네가 대파를 들고 있어서 한 소리야."

나탈리가 큰 소리로 웃었다. 옆에서 우리의 대화를 듣고 있던 프랑스인들이 따라 웃으며 대화에 끼어들었다.

…너는 어느 나라 사람이야? 난 한국인이야. 반가워라, 나 얼마 전에 영화 〈기생충〉 봤어. 같은 감독이 만든 영화 〈올드보이〉도 예전에 봤고. 〈올드보이〉 감독은 다른 사람이야. 그래? 한국 사람 이름은 외우기 힘들어. 네 이름은 뭐야? 내 이름은 주영. 편하게 주주라고 불러도 돼. 너네 손에 물감이 잔뜩 묻었

구나. 둘 다 그림을 그리니? 몇 달 후 전시회를 여는데 꼭 와. 알았어. 반드시 갈게….

프랑스인과의 대화는 꼬리에 꼬리를 물고 좀처럼 끝나지 않는다. 한 시간이 금방 지나간다. 프랑스인과는 헤어지기가 힘들다. 프랑스인들은 대화의 꼬리를 자르는 법을 모른다. 지금은 나도 프랑스인급으로 말을 끊지 못하지만, 처음에는 정말 환장하는 줄 알았다. 카페에서 친구들과 다시는 못 볼 사람처럼 실컷 이야기하다가 집에 돌아갈 시간이라며 모두 카페에서 나왔다. 그런데 카페 앞에서 헤어지는 인사를 하면서 직전에 들입다 했던 이야기를 다시 한다. 그것도 무려 한 시간 동안이나. 집에서 파티를 할 때는 더하다. 너도나도 이야기를 하느라 정신이 없다. 나는 말할 틈을 찾느라 정신이 없다. 결국 '저요! 저요!' 손을 들고 "나도 말 좀 하자!"라고 한 적도 있다. 자정이 다 되어 모두들 돌아간다고 주섬주섬 옷을 챙겨 입은 친구들이 현관 앞에 선다. 드디어 친구들의 수다에서 해방되는 시간이 왔구나 싶다. 모두 현관에 서서 좀 전까지 했던 이야기를 한 시간 동안 또 한다. 현관 문을 열고 나간다. 이젠 안녕!… 인 줄 알았다. 에라이! 대화 20분 추가요! 모두들 말을 못해 죽은 귀신이라도 붙은 것 같았다.

아무튼, 그렇게 모르는 사람이 낀 대화를 한참 하고 나면 허기가 사라져 점심 메뉴를 고민하지 않아도 된다. 배가 고프지 않으니 점심을 거르면 된다.

오늘은 슈퍼에서 나탈리를 만나도 조용조용 말해야지. 또 누군가 우리의 대화에 동참하면 한 시간은 후딱 지나갈 거고, 그러면 동작이 느린 내겐 디저트 준비할 시간이 부족해진다.

슈퍼에 들어서자마자 나탈리가 있나 두리번댄다. 나탈리는 안 보이고 싱싱한 오렌지가 눈에 들어온다. 웬일이래? 블루베리가 싸게 나왔네. 오렌지케이크와 블루베리파이를 만들면 되겠다고 마음먹는 순간, 이틀 전 아틀리에 파티에 샤를로트가 가져온 양귀비 씨를 넣은 레몬케이크가 아른거린다. 먹는 순간 마음이 따뜻해지고 푸근해지는 맛이었다. 샤를로트가 혹시 슈퍼로 오고 있지 않을까? 프랑스 가정식 디저트의 달인 샤를로트라면 확실한 아이디어를 줄 것 같은데. '샤를로트! 슈퍼로 빨리 와.' 주문을 걸어본다.

오늘은 아무도 안 나타나려나 보다. 이럴 때는 망설일 것 없이 오렌지, 블루베리, 레몬을 다 사는 게 맞다. 무엇을 만들지는 집에 가서 결정하면 되니까.

'결정'이라는 정신적 노동은 뒤로 미룰수록 몸이 고생한다.

무거운 장바구니를 낑낑대며 집까지 들고 왔다. 슈퍼에서 사온 재료들을 식탁 위에 펼쳐놓고 뚫어지게 쳐다본다.

'그래, 우선 블루베리파이!'

장바구니의 무게를 독차지했던 오렌지와 레몬을 제치고 블루베리의 승리라니! 정말이지 세상일은 알 수 없다.

예열된 오븐에 밑준비를 마친 파이를 넣었다.

200도에서 30분.

파이가 익어가는 동안, 디저트 하나를 더 만들면 된다. 식탁 위 오렌지와 레몬을 쳐다보다가 아침까지만 해도 만들 생각이 없었던 무스 오 쇼콜라를 만들기로 했다.

커다란 볼에 초콜릿을 녹이고 거품기로 달걀흰자가 꾸덕꾸덕해질 때까지 거품을 낸다. 녹인 초콜릿에 나만의 비법인 그랑 마르니에*의 오렌지 리큐어 몇 방울을 살짝 떨어뜨렸다. 그러고 나서 분리해둔 달걀노른자와 거품 낸 달걀흰자를 잘 섞는다. 이 디저트는 오븐이 필요 없다. 잘 섞은 재료들을 틀에 옮겨 담아 냉장고에서 굳히면 끝이다. 볼에 묻은 초콜릿 반죽을 고

* 프랑스의 리큐어 브랜드. 이 브랜드에서 출시하는 오렌지 리큐어 '그랑 마르니에 코르동 루즈(Grand Marnier Cordon Rouge)'는 코냑에 오렌지 껍질과 설탕을 혼합해 제조하는데, 디저트를 만들 때 활용하기 좋다.

무주걱으로 긁어 틀에 담다가 그만두었다.

어릴 적 에두아르는 어머니가 무스 오 쇼콜라를 만들 때 고무주걱을 사용하면 무척 슬펐다고 한다. 어머니가 디저트를 만드는 내내 볼에 묻어 있을 초콜릿 반죽을 핥아 먹을 생각만 하고 있었기 때문이다. 고무주걱을 사용하면 볼에 반죽이 남지 않아 핥아 먹을 게 없다. 나는 고무주걱을 사용할 때마다 그 이야기가 떠올라 잠시 주저하다 웃게 된다. 정작 에두아르 본인은 고무주걱을 사용하는 것을 무척 좋아한다. 숟가락이 놓치는 초콜릿까지 싹싹 알뜰히도 긁어 먹는다.

혼자 저녁을 먹게 될 에두아르를 위해 초콜릿이 넉넉히 묻은 볼에 고무주걱을 넣은 채로 랩을 씌운 다음, 메모와 함께 냉장고에 넣었다. 메모지에는 이렇게 썼다.

Un petit cadeau pour mon meilleur ami. Bon appetit!

(나의 베스트 프렌드를 위한 작은 선물. 본 아페티!)

세상은 변한 게 없네

"카톡, 카톡."

정 많은 이 선생님한테서 유튜브 영상 링크와 함께 메시지가
도착했다.

'아침에 주영 씨에 대해 생각하고 있는데 마침 한국에 있는
친구가 이 노래를 보내왔다. 들어보니 너무 좋아서 생각 없이
주영 씨에게 보냈는데 아무래도 실수한 것 같다. 노래를 듣지
말고 바로 삭제해라. 주영 씨에게 용기를 주어야 할 시점에 언
니가 되어서 자기 감상에 빠져 힘든 동생을 더 힘들게 할 뻔했
다. 정말 미안하다. 힘내라, 이주영!'

이런 메시지를 받고 삭제할 사람이 있을까? 바로 링크를 클
릭했다. 한국 영화 〈인생은 아름다워〉의 OST '이별이래'라는

노래였다.

조용한 그대의 눈동자 말없이 서 있는 내 모습
이렇게 가까이 있는데 이것이 이별이래
하늘에 흐르는 조각달 강물에 어리는 그림자
세상은 변한 게 없는데 이것이 이별이래

끝까지 듣지 않아도 이별 후의 쓸쓸함에 대한 노래라는 것을
바로 알 수 있다. '푸웁' 하고 웃음이 터졌다. 노래를 듣지 말고
삭제하라는 이 선생님이 귀여웠다.

이 선생님은 '재불 한인 여성회'를 만든 분이다. 프랑스에 살
고 있는 많은 한국인 여성들이 정신적으로 방황하고 우울증을
앓고 있는 것이 가슴 아파서 여성회를 만들었다. 외국 생활에
지친 외로운 사람들끼리 만나 이야기를 나누고, 뭔가 의미 있
는 일을 함께 벌이면 좋겠다고 생각했다고 한다. 대단한 오지
랖과 추진력이다. 흔히 이런 사람을 가리켜 열정적熱情的이라
고 한다. 맞다. 뜨거운 정情이 많지 않고서는 이런 일을 벌이지
못한다. 정이 많아 가슴이 뜨거운 분이 아침부터 이런 슬픈 곡
을 들으며 또 얼마나 센티멘털해졌을까? 노래를 내게 보내고,
곧바로 후회하고 있을 선생님의 모습이 떠올라 입가에 미소가

번졌다.

노래를 끝까지 듣지 않고 링크를 닫았다. 선생님의 메시지에 다시 눈이 갔다. 내가 힘든 사람, 위로와 응원이 필요한 사람이라니…! 또다시 이 선생님이 귀엽게 느껴져 웃다가 '아, 그럴 수도 있겠다'고 생각했다.

내게는 소설 속 주인공처럼 사는 친구가 있다. 내 책《사무치게 낯선 곳에서 너를 만났다》에서 나는 이 친구를 '그'라는 호칭으로 소개했다. 책에 들어간 모든 친구들의 이름은 실명이지만, '그'만큼은 실명을 밝힐 수 없었다.

'그'는 무척 잘생겼다. 그리고 매우 코믹하다. 이런 장점을 가진 친구임에도 실명을 공개하지 못한 이유는 '그'가 친구니까 코믹하지 가족이면 복장 터질 일만 하고 사는 인물이라서다. 그의 사생활을 보호해주고 싶었다. 책에서 그를 제대로 소개하지 못해 많이 아쉬웠다. 그의 사연을 있는 그대로 이야기한다 한들 아무도 믿어주지 않을 게 뻔했다.

'그'는 결혼 전까지 매일 밤 클럽에서 여자들을 만났고 원나잇을 즐겼음에도 뒤탈 한 번 없었던 선수 중에 선수였다. 30대 중반에 어머니의 염장을 질러 어머니 손에 잡히는 아무거나로 얻어맞고 집에서 쫓겨났다. 카드깡과 상품권깡, 듣도 보도 못한 온갖 '깡'에 달려 빚까지 내어 급하게 얻은 어두운 지하 자취방 벽에는, 그가 정성스럽게 코디한 클럽 출입용 옷들이 사방에 걸려 있었다. 각 코디마다 1번부터 16번까지 번호가 매겨져 있었고 춘추계, 하계, 동계 버전이 따로 있는, 총 마흔여덟 벌의 1년치 코디를 사전에 준비해놓고 살았다. 진정 클럽에 진심인 선수이자 의연하고 자유로운 영혼이었다.

그가 클럽에서 만난 여자와 결혼하게 되었을 때다. 결혼 준비로 한창 바쁜 그를 만났다. 나는 결혼식에 초대받은 그의 진짜 친구였다. 그는 교회에 다니는 지인에게 부탁해 누가 봐도 성실한 교회 오빠로 구성된 가짜 친구단을 조성해 하객으로 섭외해놓았다. 그의 친구 대부분은 클럽에서 만난 사람들이라 성실한 분위기와는 거리가 멀었기 때문이다. 나는 하객으로 참석한 몇 안 되는 그의 진짜 친구이자 유일한 여자친구로 사전에 알아두어야 할 사항이 있었다.

그의 아내가 될 사람은 질투가 심해서 그가 다른 여자를 만나는 것을 용납하지 않았다고 한다. 그동안 그가 나를 만날 수 있었던 것은 그녀에게 나를 '이혼녀'라고 속였기 때문이었다. 이혼녀라는 이유만으로 그녀는 그가 나를 만나는 것에 대해 관대했다고 한다. 내가 이혼녀로 행동하는 것이 그의 결혼식에서 지켜야 할 지침이었다.

'나 이혼녀'라고 이마에 써 붙이고 가야 하나? 등짝에 붙이고 가야 하나? 어떻게 해야 이혼녀 티를 낼 수 있을지 몰라 난감했다. 그보다 당시 미혼이던 나를 이혼녀로 둔갑시킨 그가 꽤 씸했다. 허물없이 지내는 오랜 친구인 나를 편한 마음으로 만나고 싶었던 그의 우정은 고맙지만 아무래도 이건 예의가 아니다. 레즈비언이라고 해도 됐을 텐데 왜 하필 이혼녀란 말인가? 말이 씨가 된다는 말도 있는데, 결혼 전부터 이혼녀가 되어 있으면 언젠가 정말 이혼하게 되는 것은 아닐까 찜찜했다.

그렇다, 나도 그랬다. 내게도 이혼은 그런 것이었다. 벌써 20년 전 일이다. 지금 생각하면 웃음만 나온다. 내가 지금 '힘든 사람', '위로가 필요한 사람'이 되어 있는 것으로 봐서 시간이 많이 지난 지금도 세상 사람들의 '이혼'에 대한 시선은 그때와 크게 달라지지 않은 것 같다. 이혼한 사람을 '흠집' 난 사람으로 낙인찍는 시선 말이다. 이혼은 우리가 삶에서 겪을 수도 있는 일 중의 하나일 뿐이다.

10년이면 강산도 변한다고 하는데 사람들의 생각이 변하지 않은 것이 신기하다. 생각이 변하지 않는다면, 나라도 변할 때까지 기다리지 말고 바꾸고 싶다. 이혼에 대한 글을 써야겠다고 마음먹었다.

요리 수업

 우리는 도마를 가운데 놓고 마주 보고 섰다.

 이혼을 결정한 후, 앞으로 죽 또는 한동안 아니면 당분간 혼자 끼니를 해결해야 할 에두아르를 위해 이틀에 한 번 요리 강습을 시작했다. 오늘의 강의 메뉴는 해물 파스타다.

 에두아르는 방울토마토를 썰다가 굴러 떨어지는 것을 계속 주워 먹고 있다.

 "아, 쫌. 주워 먹지 좀 마. 먹을 거면 씻어 먹던가!"

 에두아르는 내 잔소리를 듣고도 계속해서 도마에서 굴러 떨어지는 토마토를 주워 먹으며 실실 웃고 있다.

 "나처럼 토마토를 한 개씩 도마에 올려놓고 썰면 굴러 떨어지지 않지."

"아~!"

"이제 내가 왜 토마토를 한 개씩 도마에 놓고 썰었는지 알겠지?"

"아니. 그건 잘 모르겠고, 네가 매일 저녁 준비를 두 시간씩 한 이유는 알겠어. 이래서 느렸던 거야. 음, 맞아. 이러니 느릴 수밖에 없었던 거지."

에두아르는 고개를 과장해서 끄덕이며 도마에 방울토마토 한 움큼을 또 올려놓는다. 방울토마토들이 동글동글 구르며 도마 밖으로 떨어진다. 아, 정신 사납다.

평소 같으면 부엌에서 당장 나가라고 했을 텐데, 오늘은 그저 웃음이 난다. 도마에서 굴러 떨어지는 토마토를 손바닥으로 막고 있는데, 에두아르가 한국어로 말한다.

"나는 마자아 해. 마니, 마니."*

책에 미친 책벌레 에두아르는 결혼 직후부터 내 정신을 사납게 했다. 그는 현금인출기에서 현금을 찾는 그 찰나의 시간에도 손에 들고 있던 책을 읽다가 인출기에서 나온 현금은 그

---

* 실제로 나는 에두아르의 엉덩이에 곤장을 쳐본 적도 있지만 그의 어처구니 없는 짓들은 고쳐지지 않았다. 사람은 쉽게 바뀌지 않는다는 것을 에두아르를 보며 절실히 알게 되었다. 아무리 해도 고쳐지지 않는 짓을 가족이나 친구가 한다면, 포기하는 것이 나으니 참고하기 바란다.

대로 놔두고 나름 정신을 차린답시고 카드만 챙겨왔다. 새로 산 바지의 단을 수선하는데, 동네 수선가게를 놔두고 지하철로 40분이나 걸리는 곳으로 갔다. 형편이 어려운 포르투갈 아주머니에게 일거리를 주기 위해서였다. 책을 읽느라 수선을 마친 바지를 지하철에 놓고 내리지만 않았어도 갸륵할 텐데, 그는 갸륵한 짓도 속 터지는 짓으로 탈바꿈시키는 남다른 재주를 가지고 있다. 이런 일이 매일 반복되자 나는 내 안에 잠재했던 폭력성을 발견하고야 말았다. '저 인간은 매를 버는구나. 좀 때려야 내가 살 것 같다'는 생각이 들었고, 그의 등짝을 날리기 전에 항상 한국어로 경고를 했다.

"너는 맞아야 해! 아주 많이!"

속이 터질 때는 역시 한국어로 말해야 체증이 내려가는 듯했다. 에두아르는 그 말을 궁금해했고, 내 설명을 들은 후에는 자신이 어처구니없는 짓을 했다는 생각이 들 때마다 주어를 1인칭으로 바꾸어 '나는 마자아 해'를 거지 같은 발음으로 외쳐 내 폭력을 피할 잔꾀를 부렸다. 자진납세는 과태료를 피하는 지름길이라는 것쯤은 꺼벙이 책벌레도 알고 있었다.

"에두아르, 나 칼 들고 있어. 조심하는 게 좋을 거야."

"나, 그냥 안경 벗을게."

이번엔 둘이서 배꼽을 잡고 웃었다.

'안경 벗어'는 에두아르가 내 속을 긁을 때마다 내가 했던 말이다. 처음 그에게 안경을 벗으라고 했을 때, 에두아르는 내 말의 의미를 이해하지 못하고 "왜?" 하고 물었다. 안경을 쓴 채로 맞으면 크게 다칠 수 있어서 한국에서는 안경 쓴 사람을 때리기 전에 안경을 벗으라고 경고한다고 알려줬다. 에두아르는 그 말에 그렇게 깊은 뜻이 있냐며 감탄했지만 그 말을 하는 내가 너무 가소롭다며 까르르 웃었다. 그 후 에두아르는 내가 열불이 나서 안경을 벗으라고 할 때마다 웃음을 터뜨린다. 나도 덩달아 웃다 보니 결국 그는 한번도 나에게 제대로 맞아본 적이 없다.

에두아르가 토마토를 도마에 왕창 놓고 썬 덕분에 방울토마토 손질이 평소보다 빨리 끝났다. 준비한 토마토의 상당량이 에두아르의 뱃속으로 사라졌기 때문이기도 하고 둘이서 같이 준비한 덕이기도 하다. 마늘 한쪽은 껍질을 벗겨 이등분했다. 프레체몰로*는 잘게 썰어놓았다. 이제 본격적으로 수업 시작이다.

에두아르는 휴대폰을 꺼내 들고 동영상 녹화 버튼을 누르며

---

* 이탈리안 파슬리. 한국에서 쉽게 볼 수 있는 파슬리와 거의 흡사한 맛이며 생김새는 참나물과 비슷하다. 일반 파슬리보다 식감이 연하지만 익히면 질겨질 수 있다.

말한다.

"레디, 액션!"

"오늘은 해물 파스타를 배울 거예요. 프라이팬에 올리브오일을 넉넉히 두르고 미리 준비해놓은 마늘을 넣고 불에 올리세요. 마늘 향이 날 때까지 익힐 거예요. 보통 이탈리아인들은 오일에 마늘 향이 배었다 생각되면 마늘을 건져내서 버리지만, 한국인인 나는 그냥 그대로 넣고 조리할 거예요. 마늘은 몸에 좋거든요. (…) 이제 파스타 삶을 물을 불에 올려놓고, 파스타 무게를 달아주세요. 봉골레나 해물 파스타에는 길고 납작한 링귀네를 쓰는 게 가장 맛이 좋으니 기억하세요."

"스파게티를 쓰면 안 되나요?"

"안 될 건 없지만, 덜 맛있어요. 다만 펜네나 푸질리 같은 짧은 파스타는 해물 파스타에는 절대 사용하지 않으니 주의하세요."

"왜죠?"

"나도 몰라요. 이탈리아인들이 그렇게 하니까 나도 그냥 따라 하는 거예요. 왜 웃어요? 내 대답이 거지 같나요? 웃지 말고 녹화를 멈춰주세요. 파스타가 익는 동안 할 말도 할 일도 없어요."

"셰프! 프레체몰로 넣는 걸 잊어버리신 것 같은데요?"

"아니요, 잊지 않았어요. 하지만 아주 좋은 질문이에요. 프레체몰로는 요리의 마지막 단계에 넣어야 맛도 좋고 파릇한 색감도 살아나요. 요리는 시간차 공격이에요! 또 나는 음식은 예뻐야 한다고 생각해요. 음식은 예뻐야 맛있어요."

"육체적 인간에게 미각은 맛을 감식할 수 있게 하는 장치다, 정신적 인간에게 미각은 맛을 가진 물체에 의해 자극된 기관이 감각의 공통 중추에 유발하는 감각작용이다. 브리야 사바랭의 말씀!"*

누가 책벌레 아니랄까? 또 시작이다. 책에서 인용한 문장을 읊을 때마다 그렇듯 에두아르는 연극배우 톤으로 말한다. 아직 무대에 한 번도 서본 적이 없는 연극배우 지망생 톤.

"뭐래? 암튼 대충 우리가 정신적 인간이라는 의미로 받아들이겠어."

휴대폰 녹화 정지 버튼을 누르는 에두아르의 표정이 행복하다. 그의 표정을 보면서 미안한 마음이 든다. 그동안 왜 이런 소소하고 작은 행복을 주지 못했을까?

에두아르가 바닥에 떨어진 음식을 주워 먹으며 속만 긁지 않았어도….

"바닥 청소를 안 해서 먼지투성이인데, 그걸 먹으면 어떡해!"

* 《미식 예찬》, 장 앙텔므 브리야 사바랭 지음, 홍서연 옮김, 르네상스.

"오늘 바다 약품 처리해서 닦았는데, 그걸 먹으면 어떡해! 네가 냐뽀도 아니고, 너 때문에 바다 청소제를 성분까지 살피며 사야겠어?"

냐뽀는 내가 이탈리아에 살 때 키웠던 강아지다. 바닥에 떨어진 것을 핥아 먹는 냐뽀 때문에 바닥 청소제를 살 때 유해성분을 일일이 확인해야 했다.

"청소를 안 해도 못 먹고, 청소를 해도 못 먹고! 그럼, 대체 언제 먹어?"

"바닥에 떨어진 음식을 왜 먹어야 하는데? 계속 거지처럼 주워 먹을 거면 부엌에서 나가!"

적당한 조리 도구를 사용해 부엌을 난장판으로 만들지만 않았어도….

"아니, 대체 무슨 일이야? 냄비 전시회 하냐?"

"하다 보니까 냄비가 작아서 조금 큰 냄비로 옮겼는데, 하다 보니 그것도 작아서 더 큰 냄비를 꺼냈는데, 그런데 또 하다 보니까…(긁적긁적)."

"다시는 요리하지 마. 당장 부엌에서 나가!"

그리고 채소만 깨끗하게 씻었어도 그를 부엌에서 쫓아내지 않았을 텐데….

신혼 초 나는 대부분의 프랑스 요리를 에두아르에게 전수받았다. 그가 처음으로 가르쳐준 요리는 라타투이Ratatouille였다. 에두아르는 내가 제자라는 이유만으로 양파 껍질 벗기기 같은 냄새 나고 지루한 작업을 시켰다. 양파 손질 대신 가지를 썰겠다고 하면 에두아르는 들고 있던 가지로 내 머리를 톡 때리면서 말했다.

"양파 까!"

라타투이는 참 신기한 요리다. 집집마다 비법이 달라 맛도 조금씩 다른데, 그 조금 다른 비법이 아주 큰 차이를 가져온다. 또 같은 재료와 방법으로 만들어도 누가 만드느냐에 따라 맛이 달라진다. 에두아르는 그의 어머니에게 라타투이를 배웠는데도 맛이 서로 다르다. 어머니는 그녀의 동생 세실 이모님으로부터 전수받았다고 하는데, 에두아르의 말에 따르면 세실 이모님의 라타투이가 어머니 것보다 더 맛있다고 한다.

나는 라타투이를 비롯해 수플레, 키쉬로렌, 뵈프부르기뇽, 블랑케트, 타르트타탱 같은 프랑스 가정식 요리를 에두아르에게 배웠다. 그중에 라타투이는 아직도 에두아르가 만든 게 더 맛있다.

신혼 시절 에두아르의 요리 수업에 대한 이야기로 우리의 대화는 끝이 없다.

"주영, 한번은 네가 이상한 라타투이를 만들었지. 아무리 해도 내가 만든 맛이 안 난다고 하면서."

"기억하는구나? 만화영화 〈라따뚜이〉에 나오는 생쥐 레미가 만든 레시피를 따라 했는데 네가 예쁘기만 하고 맛은 별로라고 했지. 그러고 보니 나는 라타투이를 생쥐한테서만 배웠네. 레미는 영화 속 요리하는 생쥐이고, 너는 책 읽는 도서관의 생쥐*니까."

파스타가 다 삶아졌다. 에두아르는 다시 휴대폰 녹화 버튼을 누르고 나는 요리의 마지막 단계를 설명한다. 완성된 요리를 사진으로 찍으며 에두아르가 말한다.

"와! 정말 예쁘다. 네가 하는 요리는 매번 너무 예뻐서 먹기 아까워. 나는 아무리 해도 이렇게 예쁘게 만들지 못할 것 같아."

일본에서 공부할 때 친구들도 내가 한 음식은 예쁘기는 한데 맛은 없다고 했다. 제부 파우스토도 똑같은 말을 했다. 내가 파우스토 이야기를 꺼내자마자 에두아르가 광분한다.

"웃기고 있네! 파우스토는 네 동생 자영이가 너만큼 음식을

---

*   라 드 비브리오테크(rat de bibliotheque): '책벌레'라는 의미의 프랑스어. 직역하면 '도서관의 생쥐'라는 뜻이다.

예쁘게 못 만드니까 질투가 나서 그렇게 말한 게 분명해."

"내가 한 예쁜 음식을 맛있다고 한 사람은 네가 처음이야."

에두아르는 수줍은 듯 얼굴을 살짝 붉히며 미소 짓는다.

완성된 요리를 시식할 차례다. 방금 전까지 예뻐서 못 먹겠다고 했던 에두아르는 파스타를 한번에 흡입한다.

"쫌! 씹어 먹어!"

"넌 좀 그만 씹어."

식사 때마다 하는 대화가 또다시 오간다. 웃음이 난다. 별것도 아닌 모든 것들이 이혼을 앞두고부터는 그저 재미있다.

"셰프, 다음엔 뭘 가르쳐주실 건가요?"

"어차피 어려운 건 가르쳐줘봤자 하지 않을 테니, 간단한 걸로 하겠어. 훈제연어 크림 파스타! 어때? 아니면 뇨키*로 만든 간장 떡볶이. 기억하지? 우리 엄마 레시피로 만든 뇨키 떡볶이?"

"훈제연어 크림 파스타 배울래! 엄마 레시피로 만든 떡볶이는 됐어. 그건 내가 죽을 때까지 다시 먹지 못한다 해도 전혀

---

* 삶은 감자와 밀가루를 반죽해서 만든 생파스타. 식감이 쫄깃해 떡을 구하기 힘든 해외 교포들은 뇨키로 떡볶이를 해먹는 경우가 많다.

아쉽지 않을 거 같아. 큭큭큭. 불쌍한 엄마….”

우리 엄마는 집안 대대로 요리를 못하는 집에서 태어났다. 외할머니는 엄마보다 요리를 더 못했다. 또 막내이모는 외할머니보다 요리를 더 못하는데 이모가 한 음식을 맛있게 드시는 이모부를 볼 때면 왠지 짠한 마음이 들 정도다. 상한 음식만 아니면 거의 모든 음식을 다 먹을 수 있는 에두아르보다 더 아무거나 잘 먹는 이모부는 썩어 문드러진 음식만 아니라면 뭐든지 다 드실 수 있는 분이다. 책벌레 에두아르처럼 이모부도 고등학교 교사였고, 제자들 사이에서 ‘꺼벙이 책벌레’라고 불렸다. ‘꺼벙한 책벌레 선생은 음식에 너그럽다’는 법칙이라도 있는 것일까?

에두아르의 제자들은 야외수업을 갈 때면, 에두아르의 보호자가 되어야 한다는 사명감을 갖는다. 제자들 앞에서 열렬히 수업하느라 책이 잔뜩 든 배낭이 열린 줄도 모르고 걸어가다 책이 바닥으로 쏟아지는 것을 자주 본 제자들은 그의 배낭 지퍼를 매번 직접 잠가준다. 건물의 건축양식에 대해 정신없이 설명하다 뒤로 자빠지는 에두아르를 본 게 한두 번이 아닌 제자들은 그가 건물을 올려다보며 침을 튀며 말할 때면, 그의 뒤에 딱 달라붙어 그가 넘어지는 것을 방지한다. 에두아르는 제자들에게 소문난 꺼벙이 선생이다.*

식사 후 뒷정리를 같이 마친 에두아르는 내일 수업 준비를 하겠다며 서재로 갔다.

"으악!"

대체 뭔 일이지? 서재로 달려갔다.

"녹화가 하나도 안 됐어. 녹화 버튼을 잘못 눌렀나 봐!"

에두아르가 울상이 되었다. 평소 같으면 복장이 터져 '네가 하는 일이 다 그렇지'라고 했을 텐데 오늘은 그냥 웃음이 터진다.

"그렇지. 이래야, 허당 에두아르지. 너무 에두아르스럽다. 정말 에두아르 너다워. 걱정 마. 내일모레 다시 가르쳐줄게."

너무도 에두아르다운 에두아르 덕분에 내일모레 저녁에도 우리는 해물 파스타를 먹어야 할 것 같다. 우리 둘 다 좋아하는 음식이니 잘됐다.

---

* 에두아르의 수많은 꺼벙이 행각은 《나는 프랑스 책벌레와 결혼했다》에 상세히 나온다.

나는 탐정이 되고 싶었다

　선풍기 앞에서는 섬유 탈취제를 뿌리면 안 된다. 액상 탈취
제가 바람에 날려 한 방울이라도 눈에 들어가면 눈병이 난다.
오래전 아무 생각 없이 이 짓을 했다가 오른쪽 눈이 밤탱이처
럼 부어오른 적이 있다.

　마침 일본에 살고 있던 친구 명건이가 한국의 우리 집에 와
있을 때라 안과에 동행해주었다. 명건이는 부모님이 한 달 간
격으로 돌아가셔서 한동안 한국에서 지내야 했다.

　젊은 안과 의사는 내 눈을 보더니 산립종이라며 당장 수술
하자고 했다. 산립종이란 그냥 '다래끼'라는 소리다. 다래끼 수
술은 충격적으로 아프다. 수술이 아픈 게 아니라 눈꺼풀 안쪽
으로 놓는 마취주사가 아프다. 마취주사를 맞는 순간 의사한테

주먹을 날릴 뻔했다. 명건이에게 당수를 전수받은 나의 주먹은 살인 병기라 항상 조심해야 한다. 충격적인 통증에 반사적으로 고개를 돌렸다. 의사는 자칫 눈동자에 주삿바늘을 찌를 뻔했다며 버럭 하더니 놀란 가슴을 쓸어내렸다. 이 무슨 적반하장인가? 놀란 걸로 치자면 내가 더 했을 것이다.

"이렇게 아프…면 미리 말씀을 하셨어야죠오."

나의 항의에 의사는 바로 꼬리를 내리더니 간호사에게 말했다.

"환자분 몸 묶고 고개를 고정시켜주세요."

수술을 마친 후 오른쪽 눈에 넓적한 거즈를 붙이고 명건이가 기다리고 있는 대기실로 갔다.

"나 의사 죽일 뻔했어! 의사가 도끼로 내 눈을 내리찍는 줄 알았어."

나의 당수 사부인 명건이가 걱정하며 말했다.

"의사는 살아 있지?"

"그럼. 죽일 뻔, 했다고."

병원 엘리베이터에서 명건이가 나를 계속 쳐다보며 말했다.

"한쪽엔 눈알이 있는데 한쪽은 그냥 하얀색이라 균형이 안 맞아. 내가 거즈 위에 눈알을 그려 넣어도 될까?"

"안 돼."

"난 이제 부모도 없는 고아인데…. 불쌍한 친구 소원 하나 못 들어주냐?"

명건이의 '고아'라는 말과 '소원'이라는 말에 마음이 약해졌다.

"펜은 있어? 눈알만 그리면 이상하니까 눈 전체를 그려."

명건이는 거즈 위에 펜으로 눈을 그려 넣었다.

병원 건물을 나오자마자 명건이가 말했다.

"우리 노래방 갈까?"

"이 꼴을 해서 어딜 가? 그냥 집에 가."

"야… 너, 정말 너무한다. 나는 이제 부모도 없는 고아인데…. 슬픔에 빠진 친구 소원 하나 못 들어주냐?"

"아이씨! 가자, 가! 노래방!"

병원 근처 노래방에 들어서자마자 카운터 직원이 나를 보고 쓰러졌다. 잠시 후 정신을 차린 직원이 말했다.

"오랜만에 많이 웃게 해주었으니까 서비스로 30분 더 드릴 게요!"

90분 동안 노래를 부르고 집으로 돌아왔다. 엄마가 나를 보자마자 배를 잡고 쓰러졌다.

"명건이 니가 그렸냐? 그리는 놈이나 그리라고 대놓고 있는 년이나."

"명건이가 소원이래잖아."

그러자 엄마가 진지하게 말했다.

"그래, 들어주기 어려운 소원도 아니고. 뭐, 속눈썹도 예쁘게 잘 그렸네. 잘했다."

그때 명건이와 나는 서른세 살이었고 엄마는 환갑이었다. 옆에 있던 아빠가 기가 찬 듯 말했다.

"이건 뭐, 셋 다 또라이야?"

어릴 적 나는 모범생이었다. 중학교 1학년 때 여름방학 숙제가 기억난다. 방학 기간 동안 일일 시간표를 작성하고 그에 맞춰 생활하는 것이었다. 방학이 시작되자마자 시간표를 만들었다. 아침 7시 기상, 밤 11시 취침, 그 사이에 독서와 공부, 음악 감상, 외출을 포함한 자유시간, 9시 뉴스 시청 등을 분배해서 채워 넣긴 했는데 아무리 봐도 시간표에 맞춰 생활하는 것은 불가능해 보였다. 시간표 밑에 별표를 하고 '위 시간표는 사정에 따라 변경될 수 있음'이라고 써넣었다. 한결 마음이 편했다.

개학 후 나는 선생님들 사이에서 유명해졌다. 고지식한 범생이의 고민이 담긴 그 한 줄을 보고 빵 터진 담임선생님이 내 시간표를 교무실에서 다른 선생님들과 돌려본 것이다. 한동안 선생님들은 나만 보면 웃었다.

가을 모의고사를 봤을 때다. 시험 시간에 한 친구가 손을 들어 물었다.

"선생님, 몇 분 남았어요?"

친구는 시계를 가지고 오는 것을 깜박한 모양이었다. 시험을 감독하던 역사 선생님은 친구의 질문에 아무 대답도 하지 않았다. 시험 시간에 시간을 물어보는 것은 문제가 어려워 당황했다는 뜻이다. 내가 대신 알려주고 싶었지만 시험 시간에 소리 내어 말할 자신이 없어 꾹 참으며 선생님이 빨리 시간을 알려주기를 바랐다. 20분쯤 흘렀으려나, 선생님이 말했다.

"5분 남았다."

그때 내 웃음보가 터지고 말았다. 선생님은 갑작스러운 웃음소리에 놀라 내 쪽으로 다가와 물었다.

"뭐야? 무슨 일이야?"

"선생님이 시간을 너무 일찍 알려주셔서요. 5분 남기고 알려주시면, 아무 의미가 없잖아요. 으하하하하!"

나는 내가 웃는 이유를 말하면서도 너무 웃겨 계속 소리 내어 웃었다.

선생님이 내 이름표를 쳐다보며 말했다.

"그게 웃겨? 아… 네가 그 시간표 이주영이구나. 푸하하하."

중학교를 졸업한 후 길에서 우연히 중1 때 담임선생님을 만났다. 선생님이 먼저 알아보고 멀리서 나를 불렀다.

"어이, 시간표 이주영!"

선생님은 그때 시간표 밑에 쓰인 문장을 보는 순간, '또라이'가 나타났다고 생각했다고 한다.

나는 어릴 적 안 가본 병원이 없을 정도로 자주 아팠다. 그래서 별명도 '종합병원'이었다. 성격은 심하게 소심하고 내성적이었고 수줍음을 많이 탔다. 나는 그날 태어나서 처음으로 '또라이'라는 말을 들었다. 부모님의 과잉보호를 받으며 화초처럼 수동적으로 살던 내게 그 말은 큰 힘이 되었다. 세상에 남이 시키는 대로 사는 또라이는 없다. 세상에는 다양한 또라이가 있지만, 내가 생각하는 진정한 또라이는 누가 뭐래도 자신만의 도덕적 소신을 가지고 정정당당하게 행동할 수 있는 사람이다. 선생님이 나를 제대로 본 걸까?

초등학교 6학년 때 펄 벅의 《대지》를 학교에 가져가서 시간 가는 줄 모르고 읽은 적이 있었다. 그때 반장이었던 영섭이가 말했다.

"네가 벌써 이 어려운 책을 읽는다고? 말도 안 돼! 이거 우리 큰누나가 읽고 있는 책인데?"

나는 창피하고 자존심이 상해서 얼굴이 화끈거렸다. 부잣집 아들이어서 그랬는지, 6학년 때 담임이 돈을 밝히는 인간이라 그랬는지, 영섭이 엄마는 하루가 멀다 하고 학교에 나타나 촌지를 뿌리고 갔다. 나는 담임선생님의 사랑을 한 몸에 받으며 깝치고 다니던 영섭이를 좋아하지 않았다. 학교에서 거의 말을 하지 않았던 나는 영섭이의 무례한 말을 듣고도 아무 말 하지 못했다. 하지만 그때나 지금이나 나는 뒤끝이 작렬하는 인간이다.

다음 날 집에 있는 책 중에서 가장 발음하기 힘든 이름의 외국 작가가 쓴 책을 골라 학교에 가져갔다. 애거사 크리스티의 《오리엔트 특급 살인》을 영섭이가 보란 듯이 펼쳐 읽었다. 며칠 후에는 정말 어려운 이름으로 느껴졌던 작가 에드거 앨런 포의 《모르그가의 살인 사건》이라는 단편소설집을 가져가서 읽었다.

그 후 영섭이는 더 이상 내 눈앞에서 알짱거리지 않았다. 지금 생각하면 영섭이는 나의 의도와 달리 책 제목에 들어간 '살인'이라는 단어에 눈이 갔는지도 모른다.

우연히 읽게 된 이 책들로 인해 나는 탐정이라는 새로운 세계에 빠져들었다. 그들은 아무도 생각지 못한 것들을 논리적으로 추리해내며 누구의 도움도 받지 않고 자신의 생각을 밀어붙여 사건을 해결한다. 먼지를 극혐하는 페미니스트이자 자신이 세계에서 가장 위대한 명탐정이라고 떠벌리고 다니는 에르퀼 푸아로, 하루 종일 방문과 창문을 꼭 닫은 채 촛불 아래서 독서와 명상에 빠져 있다가 밤이 되면 파리의 거리를 배회하는 세계 최초의 명탐정, 오! 나의 '오귀스트 뒤팽'. 탐정 캐릭터들은 하나같이 독특한 개성을 갖고 있었다. 나는 그런 그들이 어딘가 모르게 또라이처럼 느껴져서 좋았다.

탐정의 논리적 추리는 수수께끼를 풀어나가는 것처럼 재미있다. 나는 어릴 때부터 퀴즈풀이나 숨은그림찾기를 좋아해서 과자도 '닭다리'를 주로 먹는다. 과자 상자 뚜껑 안쪽에 있는 숨은그림찾기 때문이다. 프랑스로 가는 짐 가방에 닭다리를 잔뜩 넣었다가 공항 출국장에서 제재를 받기도 했다. 공항 직원은 볶은 김치나 멸치, 볶음 고추장은 잡아봤어도 '닭다리'를 잡아보기는 처음이라며 미안해했다.*

탐정은 사건 현장을 숨은그림찾기처럼 관찰하며 '사건'이라는 퀴즈를 풀어낸다. 그렇게 재밌는 게임을 하면서 악당인 범인을 잡아내 정의를 바로잡는 도덕성까지 갖추었다. 참으로 폼나지 않는가? 딱 내 취향이었다. 아마도 내가 시간표 밑에 써넣은 문장은 추리소설을 읽으며 잠재의식에 심어놓은 '알리바이'

---

* 닭다리를 외국에 가져가는 것은 문제가 될 수 있지만, '닭다리' 과자는 전혀 문제가 되지 않는다. 나의 경우 그 양이 지나치게 많아 부피 초과로 제재를 받았던 것이다. 공항 직원은 초과된 부피만큼의 과자만 압수했다. 그분도 숨은그림찾기를 즐겼기를 바란다.

에 대한 생각 때문인지도 모른다. 거짓말이 들통나지 않으려면 알리바이가 중요하다. 내 안에 있는 탐정의 기질을 발견한 듯했다. 선생님 말대로 나는 정말 또라이인 것 같았다.

그 후로 나는 또라이로 살고자 노력했다. 수줍음이 많고 자신감이 없으면 일상생활이 무척 불편하다. 아주 사소한 일에도 매번 용기를 내야 해서 피곤하다. 내가 처음 유학을 결정한 것도 심하게 내성적인 성격을 바꿔서 세상 좀 편하게 살고 싶다는 것이 가장 큰 이유였다. 말 한마디 통하지 않는 외국에서 혼자 뭔가를 해보면 소극적인 성격을 바꿀 수 있을 것 같았다.

예상은 적중했다. 모국어로는 말수가 적어도 상관없었는데, 전혀 모르는 일본어로는 말을 해야 하는 상황이 끊임없이 발생했다. 굳이 노력하지 않아도 말수가 늘어났다. 그래야 생활이 가능했으니까. 나는 외국어 학습은 성격 개조에 무척 효과적이라고 생각한다.

상대방과의 관계를 섬세하게 고려해서 말하는 일본어가 참좋았다. 다년간 모범생으로 살아왔던 나는 그 기질을 발휘해 열심히 공부했다. 일본어 실력은 나날이 향상됐다. 조금씩 자신감이 생겼다. 말수도 늘고 자신감이 생기자 내성적이고 수줍음 많던 성격도 바뀌기 시작했다.

나는 일본의 전문학교에서 탐정학을 공부해서 사설탐정이 되고 싶었다. 그랬다가는 바로 한국으로 강제소환될 것 같아서 일어일문학을 공부하는 융통성을 발휘했다. 장학금으로 모든 걸 해결하겠다고 선언했다. 그래야 부모님 말을 듣지 않아도 될 것 같았다. 부모로부터 독립을 꿈꾼다면 경제적 자립이 우선이다.

　도쿄 신주쿠의 작은 자취방에서 고3 수험생 때보다 더 미친 듯이 공부하다 보면, 되지도 않을 일에 목숨 걸고 있는 것은 아닐까? 하는 생각에 불안했다. 그럴 때마다 생각했다. '나는 또라이니까, 이런 무모한 짓을 하고 있는 거다.'

　성격이 바뀌고 자신감이 붙으면서부터 나는 더 나아가고 싶었다. 일본까지 와서 공부만 하고 가는 건 아쉬웠다. 공부만 하는 건 '또라이'로서 뭔가 모자라다. 밥 먹듯 밤샘을 하며 새벽 2시에 기어나가 볼링도 치고 당구도 쳤다. 친구들과 밤새도록 클럽에서 술 마시고 춤추고 노래 부르다 아침 수업 시간에 맞춰 학교에 갔다. 술 냄새를 풍기면서 히죽히죽 웃으며 수업을 듣는 건 정말 꿀맛이었다.

　이 모든 걸 하면서 전액 장학금을 받는 것이 나의 목표였다. 수면 부족으로 한두 번 쓰러졌더니 학교의 전액 장학금과 기업의 재단 장학금, 기타 각종 장학금까지 받을 수 있었다. 이게 가능하다고? 내게 또라이신이라도 내린 듯했다. 내 평생 한다고 된 적이 한번도 없었는데 이게 되나 싶었다. 학비는 물론 생활비까지 해결했다. 아무 때나 올 법하지 않은 또라이신이 강림했을 때 기회를 잡아야지 생각했다. 이번엔 일본인 친구들을 물리치고 최우수 졸업논문상을 타고 싶었다. 내게 온 또라이신은 나를 배신하지 않았다. 수면 부족으로 두세 번 쓰러졌더니 졸업식에서 그 상을 탔다. 누구도 시키지 않은 짓을 혼자 결정하고 그것을 성취하는 기분이란! 한번 맛들이면 절대 잊을 수 없는 것이었다.

졸업식을 마치고 며칠 후, 광고론 교수님으로부터 연락을 받았다. 교수님은 내가 제출한 리포트가 너무 웃기고 재미있다며 나를 특별히 아끼셨다. 교수님은 지인이 운영하는 광고회사에 취직시켜줄 테니 일본에 남아서 공부를 더 해보지 않겠냐고 했다. 나는 싫다고 했다.

"왜? 한국에 일자리를 구해놓은 거야?"

"아니요. 공부를 마치면 한국에 돌아가겠다고 엄마하고 약속했어요."

교수님은 내 대답이 황당했는지, 정말 그게 이유냐고 몇 번 더 물었다. 나는 선약을 중요시하는 사람이라고 답했다. 진정한 또라이는 반드시 약속을 지킨다.

　한국에 돌아와서도 일본에서 하던 대로 내가 하고 싶은 일을 결정하고 성취하며 신나게 살았다. 두 번째 연애가 끝나기 전까지 그랬다. 공들인 연애가 아프게 끝나면서 만사가 다 귀찮아졌다. 집에서 다시 추리소설을 읽기 시작했다. 나는 탐정이 되어 소설의 맨 마지막에 밝혀질 사실을 추리했다. 추리소설을 읽는 동안은 배신감도 슬픔도 외로움도 잊을 수 있었다.

　1년의 집콕을 끝내고 그동안 벌어둔 전 재산을 들고 로마에 갔다. 로마에 도착해서 제일 먼저 한 일은, 맨 뒤 서른 페이지만 찢어버리면 완벽하게 재밌는 추리소설 《천사와 악마》에 등장하는 카페와 성당을 찾아다닌 것이다. 언어학교를 거쳐 로마대학에 진학하며 세운 목표 '헤어진 남자친구와의 모든 것을 가슴속에서 완전히 제거하기'를 성공적으로 완수했다. 그리고 로마에서 만난 프랑스 남자 에두아르와 결혼했다. 그때까지 나는 모든 것을 스스로 결정하고 행동에 옮겼고 마음대로 세운 목표를 혼자 힘으로 완성했다. 어릴 적 소심하고 자신감 없던 나는 더 이상 존재하지 않았다.

나는 나로 복귀한다

결혼 후, 프랑스에서 살기 시작했다.

그동안 살았던 일본과 이탈리아는 내가 선택한 나라였지만, 프랑스는 에두아르의 모국이자 그의 직장이 있는 곳이어서 어쩔 수 없이 살게 된 나라다. 내가 만약 이탈리아에 직장이 있었다면, 에두아르가 이탈리아에 있는 학교에 지원해와서 살았을지도 모른다. 모국도 아니고 내가 선택한 나라도 아닌 프랑스의 문화와 풍토에 맞춰 생활해야 하는 것에 쉽게 적응되지 않았다.

마흔이 넘은 나이에 또 다른 언어, 세 번째 외국어를 공부해야 하는 것도 지쳤다. 나는 언어에 소질이 있는 사람이 아니다. 나는 언어보다 수학을 더 좋아했다. 천성이 게으른 나는 공식의 논리를 한 번만 이해하면 문제를 풀 수 있는 수학이 편해서 좋았다. 언어는 단어를 끝도 없이 암기해야 해서 공부하기 매우 귀찮다. 그런 내가 대체 몇 개 국어를 공부하고 있나 하는 생각에 한숨부터 나왔다.

흔히 프랑스인은 수다쟁이로 알려져 있다. 그들이 말이 많은 이유는 프랑스어가 가지고 있는 섬세함 때문인지도 모른다. 상황이나 감정을 뭐 그렇게까지 구체적으로 말할까 싶을 만큼 세세히 표현한다. 그래야 프랑스어다운 프랑스어를 구사할 수 있다. 무척 풍요로운 언어이지만, 어떤 어족語族에도 속하지 않는 고립어인 한국어가 모국어이고, 심지어 마흔이 넘은 사람이 학습하기에는 그저 막막한 언어이기도 하다. 사람들은 내게 같은 라틴어권 언어인 이탈리아어를 이미 공부했으니 프랑스어도 좀 더 수월하게 배우지 않겠느냐고 한다. 내가 언어에 소질이 없는 사람이라 그런 것일 수도 있지만, 이 세상에 수월하게 배울 수 있는 언어는 없다. 이탈리아어를 할 줄 아는 사람은 그렇지 않은 사람보다 병아리 눈물만큼만 수월하게 프랑스어를 배울 수 있을 뿐이다.

프랑스어 발음과 문법 때문에 힘들 때마다 나는 왠지 모를 억울함과 함께 분통이 터졌다. 게다가 남편의 직업은 선생이다. 뭐든 가르치려 드는 '선생적' 태도가 영 마음에 들지 않았다. 어디 또라이를 가르치려 드는가. 하지만 에두아르 또한 만 만치 않은 또라이였다.

그가 내게 프랑스어를 공부하는 데 도움이 될 거라고 내민 첫 번째 책은 몰리에르의 희곡《아내들의 학교 L'Ecole des femmes》 였다. 회화체로 이뤄진 연극 대본이라 읽기 수월하고 재미있을 거라는 말을 덧붙였다. 외국어 학습 초보자에게 어린아이들이 읽는 동화책을 추천하는 경우가 많은데, 성인인 경우 동화책으 로 언어를 공부하는 것은 좋지 않은 방법이다. 동화책에는 성 인이 사용하지 않는 단어와 말투가 많이 나와서 성인 학습자에 게 크게 도움이 되지 않으며 내용도 너무 단순해서 흥미가 떨 어지기 때문이다.

여러 언어를 학습한 경험이 있는 에두아르가 나와 같은 생각 을 가지고 있는 것까지는 좋다. 그렇다고 이제 막 프랑스어에 첫발을 디딘 사람에게 17세기 작품을 추천한다는 게 말이 되는 가. 나는 에두아르에게 똑같이 되갚아주고 싶었다.

"만약 네가 한국어를 공부하게 된다면《심청전》부터 읽기를 권해."

실제로 1년 후, 에두아르는 그 제목을 기억하고 있었는지 파 리의 어느 서점에서《심청전》을 사들고 와서 윙크를 날리며 혀 를 낼름거렸다. 참 얄미운 혓바닥이었다.

신혼 초 내가 그에게 가장 많이 했던 말은 "나는 너의 제자가 아니다"였다. 내가 어학에 소질이 있든 없든 나는 이미 일본어와 이탈리아어를 공부한 경험이 있다. 나 나름의 공부법이 있다는 소리다. 에두아르는 자신의 언어 학습법을 강요하면서 내가 프랑스어로 말할 때마다 3초에 한 번씩 틀린 발음이나 문법을 지치지도 않고 교정했다. 안 그래도 수다쟁이인 에두아르의 말수는 점점 더 늘어만 갔고 나는 오래전의 나처럼 말수가 점점 줄어들었다. 그의 징한 지적질은 내 프랑스어 실력 향상에 도움이 되지 않았다. 이 무슨 말도 안 되는 상황인가? 지적과 도움의 탈을 쓴 에두아르의 참견은 학습 능력 저하라는 부작용을 가지고 왔다. 나는 그의 수다를 들을 때마다 어릴 적 읽었던 도스토옙스키의 《죄와 벌》에서 읽었던 문장을 떠올리곤 했다.

　궁금하군, 사람들이 제일 두려워하는 것이 뭘까? 새로운 걸음, 자기 자신의 새로운 말을 그들은 제일 두려워하지…. 그건 그렇고 수다를 너무 많이 떠는군. 수다를 떠느라 아무것도 하지 않는 것이다. 하긴 아무것도 하지 않기 때문에 수다를 떠는 것인지도 모르지. 요 한 달 동안 이렇게 수다 떠는 법만 늘어서 몇 날 며칠을 밤낮 없이 방구석에 틀어박혀 뚱딴지같은 생각이나 하고…."

나이가 들면서 체력이 조금씩 좋아지긴 했지만, 시작이 '종합병원' 수준이었던지라 좋아져봤자 평균에도 못 미치는 체력의 소유자인 나와 달리 에두아르의 체력은 놀라울 정도다. 웬만해서는 지치지 않는다. 운동을 무척 좋아해서 숲에서 뛰고 엄청난 속도로 자전거를 타고 등산과 스키를 즐긴다. 그는 이 모든 운동에 나도 함께하기를 원했다.

에두아르와 하는 모든 운동이 나에게는 죽을 맛이었다. 알프스와 피레네산맥을 넘나들며 등산을 하고 스키를 타야 했다. 그 와중에 산에서 혼자 길을 잃고, 스키를 타다가 발목이 부러졌다. 지금 내 발목에는 나사 다섯 개가 박혀 있다. 언젠가 친구 영은이가 정말 궁금한 듯 물었다. "꼭 같이 해야 돼? 네가 싫으면 안 가면 되지 않아?"

한국에서는 부부가 따로 여가를 즐기는 게 자연스럽다. 각자의 취향과 삶의 패턴에 맞게 함께 하기도 하고 따로 하기도 한다. 하지만 프랑스를 비롯한 유럽에서는 피치 못할 상황이 아닌 한 부부가 같이 다니는 것이 당연한 문화다. 그렇지 않은 경우는 부부 사이에 뭔가 문제가 있을 가능성이 높다.

방학 동안에는 세계의 문화유산을 찾아다니며 에두아르의

---

* 《죄와 벌》, 표도르 도스토옙스키 지음, 김연경 옮김, 민음사.

역사 설명을 들어야 했다. 뭐든 적당히가 없는 그의 설명을 듣고 있자면 머리가 멍해지고 귓구멍은 헐어 문드러질 판이다.*

운동도 여행도 모든 것을 에두아르가 계획하고 나는 그와 함께할 뿐이었다. 내가 계획한 것은 하나도 없었다. 나는 그가 시키는 대로 운동하고 여행을 했다. 그러는 사이 나는 모든 것을 에두아르에게 의존하게 되었다.

그렇게 11년이 흘렀다. 아주 사소한 일조차 그에게 도움을 구했고, 에두아르는 그것이 마치 당연한 일인 양 모든 걸 알아서 해주었다. 어릴 적 부모가 시키는 대로만 하면 다 알아서 해주었던 때와 비슷했다. 그렇게 살고 있는 내가 마음에 들지 않았지만, 벗어날 생각은 하지 않았다. 늦게 결혼했고, 늦은 결혼을 파탄으로 끝내고 싶지 않았다. 아니, 이미 나는 그런 용기를 낼 수 있는 사람이 아니었다.

시간이 지날수록 나는 무기력해졌다. 나는 에두아르가 없으면 혼자 살 수 없는 사람이 되어버렸다. 언젠가부터 나는 마음속으로 바랐다.

'내가 에두아르보다 하루라도 먼저 죽어야 한다.'

---

* 만약 나와 비슷한 체험을 간접적으로 하길 원한다면 《여행선언문》을 읽으면 된다.

에두아르가 없는 프랑스에서 혼자 살 자신이 없어 이런 생각까지 하고 있는 나를 발견할 때마다 무척 우울했다. 나 자신을 방관하고 방치하고 있다는 생각에 시달렸다.

혼자서는 아무것도 할 수 없는 나로 살아갈 수는 없었다.

쉽지 않지만 용기를 내야 했다.

이혼을 결심했다.

이혼을 결정한 후, 나는 점점 예전의 모습을 찾아가고 있다. 엄마에게 이혼이 얼마나 유쾌한 것인지에 대해 글을 쓰겠다고 했을 때, 엄마가 말했다.

"내 뱃속에서 어떻게 이런 또라이가 나왔지?"

나는 드디어 나로 복귀하고 있다.

생활의 다정함

"이혼하는 사람 맞아? 주영 씨 얼굴이 아주 활짝 폈네. 반짝반짝 빛나고 있어. 보기 좋다!"

'이별이래'라는 노래 한 곡 보낸 것을 후회하고 미안해했던 이 선생님이 다정하게 웃으며 말했다.

"그동안 하고 싶었던 일을 해서 그런가? 앞으로도 반짝일게요. 감사합니다."

나도 다정하게 웃으며 답했다.

2022년 여름 《여행선언문》의 홍보 일정은 강행군이었다. 시차 적응을 못해 밤을 꼴딱 새우고도 라디오 방송 녹음을 하고, 독자들을 만났다. 인터뷰를 하고 강연을 하고 북토크를 하러

전국을 누비고 다녔다. 4개월 동안 코로나에 걸려 일주일 쉰 게 다였지만 피곤하지 않았다. 즐거웠다. 내가 살아 있는 것 같았다. 빡빡한 일정을 마치고 프랑스로 돌아가는 날, 애써 나를 타일렀다.

'내 남편 에두아르가 있는 곳으로 가는 거야. 나의 진짜 생활이 있는 곳으로. 그러니까 내 마음은 편해야 해. 나는 지금 집으로 가고 있어.'

내게는 한국 공항 울렁증이 있다. 스무 살 무렵부터 한국의 공항은 내게 가고 싶은 곳으로 떠나는 곳이 아니었다. 가야 할 곳으로 떠나는 곳이었다. 그나마 한국에서 일본이나 이탈리아로 돌아가야 했을 때는 괜찮았다. 그때 나는 유학생이었다. 공부를 마치거나 하기 싫으면 때려치우고 한국으로 돌아오면 그만이었으니까. 결혼 후 한국에 왔다가 프랑스로 돌아가야 하면서부터 공항 울렁증이 심해졌다. 아마도 내가 가야 할 곳이 프랑스에 있는 '우리 집'이라서인 것 같다.

우크라이나와 러시아가 전쟁 중이라 비행시간은 두 시간이 더 길어졌다. 열세 시간 넘게 마스크를 하고 있었더니 귀가 아파서 죽을 지경이었다. 파리 샤를드골 공항에 도착하자마자 마스크부터 벗었다. 늦여름 뜨뜻미지근하고 눅진한 파리의 공기가 무겁게 볼에 와닿았다.

에두아르가 도착 출구에서 서성이고 있었다. 평소 같으면 도착 출구 근처 벤치에 앉아 책을 읽고 있었을 텐데, 이번엔 우리가 떨어져 있었던 시간이 길었나 보다. 나를 많이 기다린 모양이다.

집은 예상대로 엉망진창이었다.

에두아르는 저녁 메뉴로 늘 그렇듯 스테이크를 준비해놓았다. 이번에도 어김없이 삶은 당근이 한솥 등장했다. 환장한다. '삶은 당근 한솥'은 에두아르가 개발한 레시피로 내가 한국에서 돌아오는 날 저녁으로 항상 준비해놓는 음식이다. 당근 1킬로그램을 통째로 압력솥에 넣어 익힌 음식인데 상당히 맛이 없다. 이 맛없는 음식을 한꺼번에 1킬로그램이나 하는 이유는 하다 보니 그렇게 된 것이라고 한다. 늘 하다 보니 그렇게 된다는 게 나는 도무지 이해되지 않지만 아무튼 그렇단다.*

---

* 〈에두아르의 '삶은 당근 한솥' 레시피〉
재료 당근 1킬로그램, 올리브오일, 소금, 프로방스 허브믹스(없으면 생략 가능. 어차피 넣으나 안 넣으나 맛없는 건 마찬가지다.)
준비물 압력솥, 숟가락
만드는법 ①당근 1킬로그램을 숟가락으로 껍질을 벗겨 대충 씻은 후 썰지 말고 통째로 압력솥에 넣어 익힌다 ②당근이 다 익으면 뜨거울 때 소금, 허브믹스, 올리브오일을 적당히 넣어 버무린다. 끝.

한국에서 돌아온 뒤 며칠 동안은 새벽 3시에 눈이 떠졌고 오후 4시쯤 잠이 쏟아졌다. 에두아르가 학교에서 돌아와 자고 있는 나를 깨우면 같이 저녁을 준비해서 먹었다. 저녁을 먹은 후 나는 다시 잠들었고, 에두아르는 다음 날 수업 준비를 하고 책을 읽었을 것이다.

그렇게 며칠이 지났다. 시차에는 서서히 적응했지만 피곤함이 몰려왔다. 여름 내내 무리했던 건지 코로나 후유증인지 하루 종일 피곤했다. 오후 4시부터 잠이 오지 않는다는 것 외에 내 생활은 시차 적응 전과 달라지지 않았다. 하루 종일 멍 때리며 빈둥거렸다. 지루했다.

무료하던 오후, 친구가 전화를 했다. 지난번에 내가 만들어 준 티라미수가 맛있었다면서 만드는 법을 알려달라고 했다. 다음 날 저녁 손님이 온다고 했다.

"왜 그 복잡한 걸 하려고? 너 치즈케이크 잘 만들잖아. 그냥 그걸로 준비하지? 티라미수는 항상 같은 방법으로 만드는데도 매번 결과가 달라서 손님 초대용 디저트로는 약간 망설여지더라고."

"티라미수는 오븐을 안 써도 되잖아. 요즘 전기세가 너무 많이 올라서 될 수 있으면 오븐 사용을 줄이려고. 참! 나 지난번에 자기 집에서 봤던 주물냄비 그거 샀어. 자기 거랑 같은 걸 사려니까 너무 비싸서 며칠 동안 인터넷을 뒤졌는데, 세상에! 그 비슷한 걸 아마존에서 세일하는 거야. 나 완전 득템했어! 사진 보내줄게!"

전화를 끊고 친구가 보내준 주물냄비 사진을 들여다봤다. 여러 각도로 찍은 사진을 여러 장 보내왔다. 친구가 얼마나 행복해하는지 느껴졌다. 전기세를 아껴가며 평소 사고 싶었던 것을 사는 재미란! 이런 것을 작가 무라카미 하루키는 '소확행'이라고 표현했지만, 나는 '생활의 다정함'이라고 말하고 싶다.

예전에 한국에서 일할 때 하루에도 몇 번씩 카페에서 사람을 만나 커피를 마셔야 할 때가 있었다. 하루에 다섯 번이나 카페에 가야 했던 어느 날 한 달 커피 값이 얼마나 되는지 궁금했다. 그날 이후 커피를 마실 때마다 내가 지불한 커피 값과 같은 금액을 돼지저금통에 넣었다. 3개월 후 꽉 찬 저금통의 배를 갈라 돈을 세어보고 깜짝 놀랐다. 마치 복권에 당첨된 듯 횡재한 기분이었다. 공돈이 생긴 것 같아 엄마에게 선물을 했다. 엄마의 가스보일러는 너무 멀쩡해서 세탁기를 바꾸어주었다. 한동안 커피 값 돼지저금통 놀이에 빠져 커피를 더 마시는 황당한 짓을 하기도 했다. 그 덕분에 수술비가 필요한 어린이 몇 명에게 작게나마 보탬을 주기도 했다. 박애주의자도 뭐도 아닌 나는 기부를 하면 기분이 좋아져서 기부해왔었는데 매일 얼마씩 모아 기부하니 기분이 더 좋았다. 매일 뭔가를 위해서 무언가를 조금씩 하는 것은 아기자기하고 알콩달콩한 재미를 준다. 내 안에 삶의 다정함이 쌓여가는 느낌이 든다. 다정하다는 것은 삶을 더 재미있게 만들어주는 것이다. 즐겁게 살려면 다정하면 된다.

친구가 보낸 주물냄비 사진을 보고 마음이 복잡해졌다.

결혼 후 지금까지 전기세를 한 번도 생각해본 적이 없다. 우리 집 전기세가 얼마 나오는지도 모른다. 모든 세금은 에두아르가 알아서 처리한다. 우리 집에 있는 주물냄비가 그렇게 비싼 제품인지도 몰랐다. 결혼했더니 이미 집에 있었다. 그러고보니 결혼해서 지금까지 어떤 물건도 싸게 사려고 노력해본 적이 없다. 당연히 '득템'이라는 것을 해본 적이 없다.

필요한 건 있었지만 갖고 싶은 건 없었다. 갖고 싶은 고가의 물건들은 이미 다 집에 있었으니까. 필요한 건 그때그때 사면되었다. 에두아르를 포함한 시댁 가족들은 '아울렛'이라는 단어 자체를 모른다. 당연히 필요한 물건을 싸게 사려고 아울렛 같은 곳에 가본 적도 없다. 결혼 3년차부터는 세일을 기다리지도 않았다. 세일 기간은 사람이 많아 쇼핑이 불편하다는 이유에서였다. 에두아르는 할인받는 만큼의 돈으로 편안함을 사자고 했다. 이런 생활에 뭐가 불만이냐 하겠지만, 이런 생활에서는 다정함을 느낄 수 없다.

우리 부부의 수입은 뻔하다. 에두아르는 한국에 존재한다는 연봉 수백억대 일타 강사가 아니다. 고등학교 선생이다. 나는 작가다. 작가는 글을 쓰지 않으면 백수이고 책이 팔리지 않으면 거지가 되는 직업이다. 나는 그림도 그린다. 화가는 작가보다 더한 직업이다. 전공을 하지 않았거나 그림이 팔리지 않으면 아무리 그림을 잘 그려도 화가 소리를 듣지 못하고 취미로 그림을 그리는 사람이며 물감과 종이 값으로 많은 돈을 쓰는 사람일 뿐이다.

내가 그림을 잘 그린다는 소리는 아니지만 사람들은 그림을 전공하지 않은 나 같은 사람의 그림은 살 생각을 하지 않고 쉽게 달라고 한다. 무척 거절하기 힘든 요구다. 만약 내게 에두아르가 없었다면 나는 진즉에 쪽박 찬 거지가 되었을 것이다. 그런데도 작가를 가장한 주부인 나는 전기세가 얼마 나오는지도 모르고, 싼 물건을 찾아 헤맬 생각도 하지 않는다.

일본에서 공부를 마치고 서울에 돌아온 뒤 내가 번 돈을 신나게 쓰던 때가 떠오른다. 난생처음 '내돈내산'의 행복과 편안함을 알았다. 한때 수입이 무척 많아서 돈을 정말이지 속 시원하게 쓰고 다녔다. 내가 번 돈이라 막 써도 아깝지 않았고 누구 눈치를 볼 필요도 없었다. 그랬던 내가 뒤늦게 로마대학에서 유학하며 전 재산을 탕진하고 결혼 후 남편이 벌어오는 돈으로 살고 있다. 에두아르가 내게 돈을 쓴다고 뭐라고 한 적도 없지만 남편 돈은 편하지 않아 별로 쓰고 싶지 않다.

그나마 남편이 번 돈을 쓰는 건 낫다. 우리 부부가 가장 많이 지출하는 것은 문화생활비다. 에두아르는 책을 사는 데 돈을 전혀 아끼지 않는다. 미친 책벌레의 책값에 대해서는 정말 노코멘트! 그밖에도 CD나 DVD도 하루가 멀다 하고 산다. 오페라와 연극, 영화, 전시회를 끊임없이 예매한다. 여행 경비는 말해 뭐 하랴?

프랑스 상류사회의 살롱문화 속에서 살아온 에두아르는 파티를 끊임없이 기획하는데, 파티는 사실 돈이 많이 든다. 파티에 내놓을 샴페인이나 와인을 사는 데 돈을 아끼지 않고 치즈는 말할 것도 없다. 프랑스는 치즈의 천국이지만 제대로 만든 치즈는 꽤 비싸다. 아무거나 잘 먹는 에두아르지만 치즈에 한해서는 아주 까다롭다. 학교 선생의 월급만으로는 이 모든 게 가능하지 않다. 시아버지가 물려준 유산이 없었으면 우리는 이런 호사를 누릴 수 없다.

결혼 전에 이미 돌아가셔서 한 번도 뵌 적 없는 시아버지가 살아생전 벌어놓은 돈으로 이 모든 문화생활을 즐기는 것이 나는 정말 싫다. 그래서 목돈이 드는 여행 계획 따위 내가 세울 엄두가 나지 않았고, 오페라 같은 고가의 티켓 예매는 내가 해본 적이 한 번도 없다. 작품도 극장도 모두 에두아르가 고른다. 나는 영화나 전시회처럼 비교적 저렴하게 즐길 수 있는 것들만 고르고 예매한다. 에두아르의 월급으로 해결할 수 있는 정도만 스스로 선택해서 즐긴다.

내가 번 돈이 아닌, 남편 돈을 쓰는 것은 내겐 정말 불편한 일이다. 스스로 결정권을 포기하게 하기 때문이다. 혼자 판단하고 목표를 세우고 그것을 달성하는 것이 얼마나 유쾌한 일인지, 그 맛을 잘 아는 나에겐 시부모의 유산은 더더욱 달갑지 않았다. 그럼에도 매일 반복되는 생활 속에서 유산을 쓰는 것에 대해서 점점 무디어졌다. 나는 전기세가 얼마 나오는지도 모르는 경제적 무감각자가 되어버렸다. 생활 속 다정함도 현실성도 느끼지 못하는 사람이 된 것이다. 남편이 벌어오는 돈을 알뜰히 쓰면서 단란한 가정을 만들겠다는 생각 같은 것은 하지 않게 되었다. 유산이든 남편 돈이든 내 돈이 아니라는 생각과 함께 경제 감각이 없어져버렸다.

이런 내가 마음에 들지 않는다.

현실적인 생활 감각이 없어지면서 사고의 흐름조차 뿌연 안개 속에 묻히는 듯했다. 나는 과연 이곳에서 살고 있는 것일까? 아니면 시간을 보내고 있는 것일까? 나는 프랑스 우리 집에서 가정주부도 작가도 프랑스인도 한국인도 아닌 추상적인 존재로 살아가는 것 같다.

복잡한 생각들로 하루하루를 보냈다. 에두아르는 퇴근해서 집에 돌아오면 언제나 이렇게 묻는다.

"오늘 뭐 했어?"

"아무것도 안 했어."

저녁 식사 후 에두아르는 책을 읽었고 하루 종일 아무것도 하지 않은 나는 피곤해서 침대에 누웠다. 그다음 날도 비슷한 하루를 보냈다. 하루 종일 아무것도 하지 않았는데 또다시 피곤했다. 이른 밤 나는 침대에 누워 계속해서 아무것도 하지 않았다. 잠시 후 에두아르가 침실로 들어왔다.

"피곤해?"

"응. 피곤해. 아무것도 안 했는데, 왜 피곤한지 모르겠어. 코로나 후유증인가? 코로나에 걸리고 나서 몇 달 동안 피곤한 사람도 있대."

에두아르는 뭔가 하고 싶은 말이 있는 듯했다. 머뭇거리며 서 있었다.

"말해."

에두아르는 지난여름 내가 한국에서 책 홍보 활동을 하는 것을 보면서 행복했다고 한다. 내 목소리에서 활기가 넘쳐났고 코로나에 걸렸을 때에도 아프다거나 피곤하다는 말 대신 연기된 일정을 걱정했으며 집에 있는 것을 답답해했다고 한다. 그런 내가 프랑스에 돌아오자마자 활기를 잃은 것을 보면서 생각이 많아졌다고 한다.

"프랑스에서 너의 삶은… 너무 추상적이야."

나는 그의 말뜻을 금방 알아들었다.

그도 나와 같은 생각을 하고 있었구나. 내 생각을 읽어준 에두아르에게 고맙고 미안했다.

"나도 네가 이번 여름에 유럽 이곳저곳을 혼자 여행하고 예전처럼 언어학교도 다니는 모습을 보면서 참 좋았어. 네가 무척 행복해 보였어."

우리는 같은 생각을 하고 있는 게 분명했다. 나는 말을 이었다.

"우리 그만 이혼할까?"

"아무래도 우리 둘을 위해 그러는 게 좋을 것 같아."

에두아르가 대답했다.

"그래, 그러자. 내일 변호사 알아보자."

내 인생에서 뭔가 하나가 해결된 느낌이 들었다. 이제 적어

도 하나는 덜 추상적일 것 같다는 생각에 편안한 마음으로 잠
들었다.

우리의 이혼 사유

다음 날부터 변호사를 알아보고 몇몇 친구들에게 이혼 소식을 알리며 나는 서서히 활기를 되찾았다. 이미 2년 전에 이혼을 말했던 전적*이 있었기에 친구들은 놀라지 않았다. 모두들 내가 프랑스에 남아 있는 동안 더 많은 추억을 만들 궁리에 나섰다. 같이 전시회와 영화관에 다니고 구실을 만들어 파티를 열었다. 에두아르는 그 모든 파티에 악착같이 따라다녔다.

10월 모든 성인 대축일 방학 기간 동안 우리는 같이 베를린에 다녀오기로 했다. 에두아르의 유모였던 이르미 아주머니가 쾰른에서 베를린으로 이사해서 새 집을 구경하러 가기로 했다.

---

*   2년 전의 이혼 소동 전적에 대해서는 《여행선언문》에 썼다.

출발 며칠 전, 이르미 아주머니에게 우리의 이혼 소식을 어느 시점에 알려야 할지 고민스러웠다. 일주일 정도 머물 예정이었는데, 베를린에 도착하자마자 알리는 것도 이상하고 베를린을 떠날 때 알리는 것도 이상했다. 그렇다고 알리지 않기에는 이르미 아주머니는 에두아르에게 너무 각별한 존재다. 결국 에두아르 혼자 베를린에 다녀오기로 했다.

에두아르는 매일 밤 9시나 10시쯤 전화를 해서 그날 무엇을 했는지 이야기했다. 10월 29일 밤이었다. 9시쯤에 통화를 마쳤다. 자정 무렵 전화벨이 울렸다. 또 에두아르였다. 다급한 목소리로 말했다.

"뉴스 들었어? 난 방금 뉴스 봤어. 한국에 있는 가족하고 친구들한테 연락해봤어? 그곳에 있었던 사람은 없는 거지?"

나는 그날 하루 종일 볼일이 많아 뉴스를 들을 시간이 없었다. 에두아르를 통해 10·29 이태원 참사 소식을 처음으로 들었다. 너무 황당해서 믿기지 않았다. 바로 한국에 연락했다. 가족과 친구들은 무사했다. 그 사실을 에두아르에게도 알렸다.

에두아르는 몇 해 전 '광진구 클럽 살인 사건'의 피해자가 내가 좋아하는 선배의 아들이라는 것을 알게 되었을 때의 나를 기억한다. 그때 나는 며칠 동안 심하게 울었다. 에두아르는 가족이나 친구 중 누군가가 참사에 희생되었다면 내가 또 얼마나 울지 걱정했던 모양이다.

"다행이다. 그럼 예정대로 있다가 갈게."

그는 안심하며 전화를 끊었다.

몇 주 후 파리 교민들이 트로카데로 광장에서 10·29 참사 희생자들을 추모하는 행사를 열기로 했다. 같은 날 에두아르는 둘째 형 에티엔의 호출을 받아 부르고뉴에 내려가야 했다. 우리의 이혼을 몹시 못마땅하게 생각하는 에티엔이 에두아르를 혼낼 작정인 듯했다. 가족 중 가장 괴팍한 에티엔이라 에두아르는 벌벌 떨면서 부르고뉴로 향했다.

"나 오늘 추모식 참석할 거야. 집에 와도 나 없으니까, 저녁 먹고 들어와."

에두아르는 알았다며 추모식 장소를 물었다. 자기도 올 수 있으면 오겠다고 했다. 나는 속으로 '진짜 오겠어?' 생각했다. 그날 밤, 추모식에 어디서 많이 본 남자가 나타났다. 에두아르였다. 그는 추모식에 참석한 유일한 프랑스인이었다.

추모식을 마친 후 에두아르는 광장을 잠깐 걷자고 했다. 에펠탑이 광선을 쏘며 눈앞에서 빛나고 있었다. 우리는 잠시 그 앞에 서서 에펠탑을 감상했다.

"세상아, 안녕. 나는 세상의 의미심장한 혀다. 그 입 안에 있는 파리는 지금도 내일도 독일인에게 혀를 내민다(Salut monde dont je suis la langue eloquente que sa bouche O Paris tire et tirera toujours aux allemands)."

에두아르는 에펠탑을 마주 보며 아폴리네르의 시를 읊었다. 뜬금없는 것이 참 에두아르답다고 생각했다. 이 앞뒤 상황과 맞지 않는 뜬금없는 시는 에펠탑 모양으로 쓰여서, 알고 나면 뜬금없다고 나무랄 수만도 없다. 에두아르스럽다.*

에펠탑은 언제 봐도 좋다. 추모식에 같이 참석했던 친구들이 에펠탑을 감상하는 우리 뒷모습을 사진으로 찍었던 모양이다. 사진을 보내주며, 두 사람의 뒷모습이 참 예뻤다는 말을 남겼다. 사진 속 에두아르와 나는, 내가 봐도 참 잘 어울렸다.

그럼, 10년 넘게 부부로 지낸 사이인데….

우리가 앞으로 어디에서 어떻게 살아가든, 시간이 흘러 지금과 다른 모습을 하고 있어도 우리가 부부였다는 사실은 절대로 변하지 않는다는 것을 사진 속 그와 나를 보며 알았다. 누구도 바꿀 수 없는, 변하지 않는 과거 속에서 남편이라는 특별한 존재로 나와 함께했던 에두아르는 내게서 떼려야 뗄 수 없는 사람이라는 것을 깨달았다. 에두아르가 그 어느 때보다 내게 아주 소중한 사람이라는 것을 알았다.

2년 전, 우리는 이혼 이야기를 했었다. 이번에 다시 이혼을 결정하면서 처음엔 2년 전 그때 하지 않은 것을 후회했다. 어차

---

* 〈상형시집 Calligrammes, poemes de la paix et de la guerre〉, 기욤 아폴리네르. 한국에 번역되지 않아 직접 번역했다. 기욤 아폴리네르가 1918년에 발표한 시집으로 텍스트와 이미지를 혼용해서 시로 표현했다. 에두아르가 읊은 시는, 시인이 에펠탑 모양을 문자로 형상화한 시로, 에펠탑을 독일군에 맞서는 프랑스의 힘의 상징으로 제시하고 있다. 이 시집은 프랑스어를 모른다고 해도 소장할 가치가 있을 만큼 미학적 가치가 높다.

피 할 거였다면, 한 살이라도 더 젊을 때 했어야 새로운 미래를 계획할 시간을 버는 것이었는데… 생각했다. 하지만 지금은 그때 우리가 이혼하지 않아 다행이라고 생각한다.

그때 이혼했더라면 내 인생에 이혼이라는 흠이 났다고 생각했을 것이다. 내 삶의 새로운 출발을 위해 과거를 지워야 한다고 생각했을 테고 그렇게 에두아르를 내 인생에서 지우려고 노력했을 것이다. 그러면서 또 얼마나 괴로워했을까? 세상에서 가장 힘든 일 중 하나는 머릿속에 있는 사람을 지우는 것이다. 이제 나는 에두아르를 머릿속에서 지울 생각이 없다. 몹시 특이했던 내 남편 에두아르는 이제 내겐 아주 특별한 에두아르다.

결혼 전 우울증에 시달렸던 에두아르가 결혼 후 내게 고백한 적이 있다.

"너와 함께 살면서 나는 더 이상 우울하지 않아. 너는 나의 우울을 치료해주었어. 그런데 이번엔 네가 우울해진 것 같아. 나의 우울이 네게 갔나 봐. 정말 미안해…."

나는 그렇지 않다고 말했지만, 에두아르는 내 말을 믿지 않았다. 겉으로는 한없이 뾰족해 사람들과 부딪힘이 많은 사람이지만, 그의 내면이 얼마나 선하고 부드러운지 누구보다도 잘 아는 나는 에두아르의 마음을 읽을 수 있다. 그는 마음속에 미안함을 품고 11년을 나와 함께했다. 내가 나와 불화하고 있다는 것을 잘 알고 있는 에두아르는 내가 자신과 그만 싸우고 화해하라고 나와 이혼한다.

내가 이런 이혼을 할 수 있게 해준 내 남편 에두아르에게 내 안의 다정함을 다해 인사할게.

Merci(고마워)….

이혼할 남편에게 고마운 나는 반짝인다. 나를 반짝이게 만들어준 나의 특별한 에두아르에게 다시 한번 인사할게. Merci….

우리가 이혼하는 이유는 자기 자신에게 더 충실해지기 위해서다. 성실하고 재빠른 시간의 흐름을 망각한 채 어제와 같은 오늘에 안주하며 소홀했던 자신을 자세히 들여다보고, 내 안의 불만이 불안으로 번지지 않도록 공들여 보살필 필요가 있어서다. 나 자신을 따뜻하게 바라보며 이해하고 위로하고 아프지 않도록 단단하게 만들기 위해서다. 미웠던 나와 화해하고 나와의 관계를 회복하기 위해서, 나는 이혼한다.

나와의 관계가 회복되면, 내가 더 단단해지면 나는 나 자신에게 더 소중해지겠지. 내가 내게 소중해지면, 나의 소중하고 특별한 사람에게 더 다정해질 수 있겠지. 이혼을 앞두고서 알게 된 사실이다. 마음이 포근해진다.

한번 동서는 영원한 동서

여자들만의 가족 파티에서 만난 셋째 동서 카트린이 아이디어를 냈다.

"다음번에는 우리 동서들끼리만 모이는 파티를 하자."

"아주 좋은 생각이야! 그땐 우리 집에서 모이자!"

첫째 동서 로렁스가 반기며 말하자 부르고뉴에 사는 둘째 동서 마리는 신이 났다.

"나 언제든 파리까지 달려올 수 있어!"

숲으로 둘러싸인 그림처럼 아름다운 대저택에서 매일 남편을 째려보며 지내고 있는 마리로서는 잠시라도 남편에게서 벗어날 수 있는 기회가 생긴 셈이다. 마리가 자신의 남편이자 에두아르의 둘째 형인 에티엔을 째려보는 이유는 에티엔이 마리

를 시시각각 째려보기 때문인데, 잠시 에티엔에 대해서 이야기
하자면, 온 집안을 통틀어 괴팍하기로 그를 따를 자가 없다.

에티엔의 괴팍함은 그야말로 어나더 레벨, 클래스가 다르다.
에티엔은 타고난 지랄병의 달인이다. 에두아르가 태어나기 전,
가족이 유럽 횡단 장거리 여행을 했다고 한다. 당시 열 살이었
던 에티엔은 차 안에 오래 앉아 있는 것이 싫다고 달리는 차에
서 문을 열고 뛰어내렸다. 운전을 하던 아버지가 백미러를 보
면서 "지금 뭔가 떨어졌는데…?" 했다는 일화는 가족들 사이에
서 유명하다.

'에티엔 같은', '에티엔도 그러지는 않을', '에티엔보다는 덜
한', '에티엔보다 더한'이란 말은 나를 포함한 가족 모두, 심지
어 돌아가신 시어머니조차도 사용했던 말이다. 가족들 사이에
서 사람의 괴팍함 정도의 평가 기준은 에티엔이다. 참고로 에
두아르의 괴팍함 정도는 '에티엔 앞에서 명함도 못 내민다' 레
벨에 해당한다.* 결혼 직후 에티엔의 집에 처음 초대받고 가는
날, 에두아르가 내게 당부했다.

"에티엔 형한테 잘못 걸리면, 멘탈이 붕괴돼서 너덜거릴 수

---

* 에두아르의 괴팍함에 대해서 이 책에서는 따로 언급하지 않기로 한다. 그의
이상한 괴팍함은《나는 프랑스 책벌레와 결혼했다》를 참조하기를.

있어. 문제는 형이 어느 포인트에서 성질을 낼지 모른다는 거야. 그냥 미친놈이라고 생각하면 돼. 형은 이탈리아어도 잘하니까, 이탈리아어로 말하면 안 돼. 그냥 되든 안 되든 프랑스어로 말해. 못 알아들어서 너한테는 지랄하지 않을 거야."

"나한테 지랄하면 네가 대신 싸워주면 되잖아."

"에티엔한테는 아무도 못 이겨."

벌써 3개월째 '이혼하기 전 한 번이라도 더 보자 파티' 중이다. 적어도 일주일에 한두 번, 많게는 서너 번. 한국인 친구들, 프랑스인 친구들, 시댁 가족들, 기타 각종 그룹의 친구들과 마치 이번 파티가 우리 생애 마지막 만남이라도 될 것처럼 아쉽고 조급한 마음으로 최선을 다해 파티를 한다. 쉴 틈 없이 무언가를 한다는 것은 조금 피곤한 일이지만 파티는 파티다. 즐겁다. 그것이 비록 헤어질 준비라고 해도.

"수요일에 루브르 갈까? 너 정물화 기획전시 보고 싶다고 했잖아?"

수요일 강의가 없는 에두아르가 물었다.

"이번 수요일은 안 될 것 같은데…. 지난번에 말했던 동서들만의 파티가 수요일로 잡혔거든."

"뭐야? 진짜 모이는 거야?"

내가 사람들과 어울려 다니거나 모임에 참가하는 것에 한 번도 싫은 기색을 보인 적 없는 에두아르가 이번 '동서들만의 파티'는 탐탁지 않은 눈치다. 동서들끼리만 모이는 것이 처음도 아닌데 말이다. 그가 내 주변을 쭈뼛대며 오간다. 하고 싶은 말이 있는데 말하기에는 왠지 쭈글스럽고 민망할 때 그가 하는 행동이다.

"말해."

"보나 마나 형수들이 날 욕할 거야!"

그렇게 평소에 '차카게' 살면 이런 걱정은 안 해도 될 텐데….

"걱정 마. 내가 있잖아!"

나의 이 한마디에 에두아르의 얼굴이 활짝 펴진다. 언젠가 내가 쳤던 깽판을 떠올린 모양이다.

예전에 에두아르의 동료 선생들과 함께 식사 모임을 한 적이 있었다. 그중 수학 교사 스테판이 제자 중에 한국에서 온 아이가 있는데, 입시 위주의 교육 환경을 피해 프랑스까지 왔다며 한국의 수학 교육을 비롯한 암기식 교육의 문제점을 지적했다. 듣고 있기가 불편했다. 꾹 참다가 결국 폭발하고 말았다.

'한국인 학생을 딱 한 명 가르쳐보고 어떻게 한국 교육의 문제점에 대해 이야기할 수 있는가? 단 한 명의 사례와 단 한 명과의 대화를 통해 한국 공교육 전반을 비판하고 지적하는 것은 객관성이 결여되어 설득력이 없다'고 말해버렸다.

비판과 지적의 나라 프랑스에서 살면서 프랑스어로 이야기하다 보니 할 수 있었던 말인지, 에두아르와 살다 보니 보고 배운 게 '지랄병'이라 그랬던 건지 알 수 없으나 친목 도모 자리에서 한국어로는 절대 하지 못했을 소리였다.

졸지에 4개 국어를 하게 된 멀티링구얼인 나는 어떤 언어로 이야기하느냐에 따라 행동이나 태도, 심지어 생각까지 바뀐다. 나도 내가 왜 이러는지 알 수 없으나 다중언어를 구사하면서부터 다중인격자가 되어버렸다. 예를 들면 이런 식이다.

로마대학에서 만난 절친 마티아는 스무 살이 넘도록 여자 손한 번 못 잡아본 고구마다. 이 고구마가 교환학생으로 온 일본인 여학생을 사귀게 되었다. 그는 그녀와 만난 지 3개월이 넘었는데, 키스는커녕 뽀뽀 한 번 못했다는 고민을 털어놓았다. 당시 일본어를 열심히 공부하고 있던 마티아는 내게 일본어로 고민을 상담했다. 나도 일본어로 조언해주었다.

"네 여자친구는 교환학생으로 로마에 온 거잖아. 곧 본국으로 돌아가야 하는데 네게 너무 마음을 주면 일본으로 돌아간 후에 힘들어질 것 같아서 그런 게 아닐까? 만약 네가 그 애를 놓치고 싶지 않다면 키스하자고 자꾸 보채지 마. 일본인은 끈질기게 보채는 걸 아주 싫어하거든."

내 조언을 들은 마티아는 정말 그녀와 키스하고 싶었는지 며칠 후 같은 고민을 이탈리아어로 털어놓았다. 나는 이탈리아어로 대답했다.

"그 아이 대체 뭐야? 네가 싫은 거야 좋은 거야? 키스하자고 자꾸 졸라보고 안 되면 그냥 집어치워!"

내 대답을 들은 마티아가 성질을 냈다.

"너야말로 뭐야? 며칠 전에는 보채지 말라더니 오늘은 왜 딴소리야? 대체 어떻게 하라고?"

일본어로 말할 때 나는 예의 바르고 여성스럽다. 이탈리아어로 이야기를 시작하면 입에 욕이 달린다. 프랑스어로 말할 때는 삐딱선을 타고, 한국어로 말할 때는 이상하게 걱정쟁이가 된다.

이런 현상은 어쩌면 자연스러운 것인지 모른다.* 멀티링구얼인 에두아르와 한국어와 이탈리아어의 바이링구얼인 내 동생 자영이도 같은 증상을 앓고 있다. 자영이는 이중언어 구사자라 이중인격자다. 큰딸과 큰사위는 다중인격에 막내딸은 이중인격이라… 참으로 괴이한 집안이다.

---

* 다중어 사용자에게 나타나는 이러한 현상은 사회언어학적 관점의 연구로 설명할 수 있지만 이 책에서는 다루지 않기로 한다. 기회가 된다면 다음 책에서 이러한 이야기를 하고 싶다.

아무튼 에두아르의 동료 교사들과의 모임 분위기는 순식간에 엉망이 되었고 누가 봐도 어색한 에두아르의 화제 전환으로 억지 수습이 되었다.

　집으로 돌아오는 길, 다음 날 학교에서 동료들과 만나야 하는 에두아르가 신경 쓰였다. 그래서 "내가 화가 난 건 스테판이 틀린 소리를 해서가 아니야. 잘 알지도 못하면서 비판하고 지적하는 태도가 마음에 안 들었어. 어쨌든 미안해"라고 변명에 가까운 사과를 하다가 본심을 드러내고 말았다.

　"너도 내가 네 제자들 욕하는 거 싫지? 한국 욕은 한국 사람인 나만 할 수 있어!"

　그렇다. 그날 내가 열불이 난 것은 다른 사람이 내 나라를 욕하는 게 듣기 싫어서였다.

　'나와 관계된 것에 대한 욕은 나만 할 수 있다.'

　이것은 국제적으로 통용되는 인간의 보편적인 심리다. 에두아르는 자신의 제자들이 문해력이 떨어지고, 철자법도 잘 모르고, 심지어 문장기호조차 제대로 쓰지 않아 쉼표 없는 작문 숙제를 채점하다가 질식사할 지경인데, 이 모든 것은 프랑스의 국어 문법 교육이 잘못되었기 때문이라며 빈번히 광분한다. 이런 이야기를 거의 매일 듣고 사는 내가 어느 날 친구들 앞에서 그의 제자들 국어 실력이 엉망이라는 말을 한 적이 있다. 그러자 옆에 있던 에두아르가 노골적으로 싫은 티를 내며 '문법을 안 가르치는 프랑스 국어 교육 정책의 문제이지 아이들의 문제가 아니다. 제자들 중에는 하나를 가르치면 열을 아는 아이도 많다'면서 제자들을 감싸고돌았다. 아내가 자기 제자들을 욕하는 것조차도 듣기 싫었던 거다. 그래서였을 것이다. 에두아르가 쿨하게 답했다.

"알아. 충분히 이해해!"

'동서들만의 파티'가 있는 수요일.

며칠 전에 사두었던 레몬으로 샤를로트가 알려준 대로 케이크를 만들어 가져갔다.

식사 전 포트와인*을 손에 들고 첫째 동서 로렁스가 외쳤다.

"주영의 새로운 삶을 위하여!"

축배의 잔을 부딪치며 시작된 파티는 즐거웠다.

우리는 각자 배우자와 몇 년 동안 살았는지 자랑하듯 말했다. 로렁스는 50년이 넘었다며 감회가 새로운 듯했고, 마리는

---

*   포르투갈 북부의 도루(Douro) 지역에서 생산되는 와인의 일종. 알코올 도수와 당도를 높이기 위해 제조 과정에서 브랜디 등의 알코올이나 과즙을 첨가한 것으로 일반 와인보다 단맛이 강하고 알코올 도수가 높아 유럽에서는 주로 식전주로 마시며 영미권에서는 디저트와 함께 후식주로 마신다.

몇 년 후면 50년이 된다며 본인의 인내심을 대견하지만 한심해했다. 셋째 카트린은 아직 40년이 되지 않았다며 늦게 결혼해서 얼마나 다행이냐며 웃음의 시동을 걸었고, 결혼 11년차인 나는 이혼하기 딱 좋은 햇수라고 말해서 모두 웃었다.

로렁스와 마리가 정성껏 마련한 점심 식사는 우리의 입과 마음을 즐겁게 해주었다. 새롭게 시작될 나의 삶은 다소 걱정되지만, 미래의 불확실성을 동반하는 '희망'이 있어 설렜다.

디저트를 먹기 시작할 때 우리는 마치 약속이라도 한 듯 동시에 자리에서 일어나 주섬주섬 뭔가를 챙겼다. 나는 동서들에게 주려고 준비해간 편지를 가방에서 꺼냈고, 동서들은 제각각 내게 줄 선물을 손에 들고 착석했다. 내가 선물 꾸러미를 푸는 동안 세 사람은 내가 직접 그린 수채화 엽서 뒷면에 쓴 글을 읽었다. 로렁스가 말했다.

"주영, 기억하니? 우리가 처음 만난 날, 넌 프랑스어를 한마디도 못했지. 그런데 오늘 네 편지의 프랑스어는 문법, 철자 모두 완벽해! 단 한 가지, 10년간 우리가 좋은 동서였다는 말은 잘못된 문장이야. 우린 지금도 앞으로도 좋은 동서 사이이니까…. 우리의 관계는 변하지 않을 테니까."

마리와 카트린도 거들었다. 내가 어디에 있든 언제가 되었든 우린 변함없는 동서라고. 그리고 언제든 내가 프랑스에 올 때면, 그녀들의 집에는 나를 위한 방이 준비되어 있을 거라고…. 나는 울컥했지만 내색하지 않고 말했다.

"그래! 한번 동서는 영원한 동서!"

모두 잔을 들어 "한번 동서는 영원한 동서(Belle-sœur un jour, belle-sœur toujours)"를 구호처럼 외치며 부둥켜안았다. 발레리라도 형제들과 살고 있는 여자들만의 파티는 그렇게 따뜻하고 즐겁고 유쾌했다. 에두아르가 염려했던 일은 없었다. 그를 욕할 시간도 없었지만 우리 중 누구도 하지 않았다. 걱정이란 정말 부질없는 짓이다. 걱정은 미래를 생각하기 때문에 하는 것인데, 우리는 한치 앞을 모르지 않는가?

다음 날 엄마가 전화로 물었다.

"파티 잘 다녀왔어? 그 사람들하고 뭘 했니?"

엄마의 아무렇지도 않은 말투와 질문이 서운했다. '그 사람들'이라니….

언어학에서는 언어의 의미를 여러 종류로 분류하고 분석한다. 대표적으로 언어의 '사전적, 문법적 의미'와 '내포적, 사회적, 심리 정서적 의미'의 분류가 있다.

한국어 '그 사람'은 내가 할 수 있는 몇 개의 언어 중 가장 차가운 3인칭이다. 나도 너도 아닌 제3자, 3인칭은 서양 언어에서는 단순히 주어, 목적어 등의 역할을 하는 문법적 기능으로 쓰이지만, 한국어에서는 그렇지 않은 경우가 많다.

'동서들하고 뭘 했니?'와 '그 사람들하고 뭘 했니?'는 문법적으로 같은 구조와 의미를 갖는 문장이지만 심리적으로는 그렇지 않다. 엄마가 내 동서들을 '그 사람들'이라고 지칭한 것은 엄마의 잠재의식에 내 동서들이 엄마와는 전혀 상관없는 제3자이기 때문일 것이다. 만약 엄마의 마음속에 내 동서들이 '내 딸의 동서, 완전히 남은 아닌 존재'라는 애정이 조금이라도 있었다면 '그 사람들'이라는 3인칭 복수형은 절대 사용하지 않았을 것이다.

결혼 11년차, 엄마에게 나의 시댁 식구들은 그저 '그 사람들', '외국인들'일 뿐이었나? 혹시 엄마의 마음속에서 에두아르는 더 이상 에두아르가 아닌 '걔'나 '그 사람'이 되어 있지는 않을까? 겁이 난다. 그런 마음은 엄마에겐 불편함을, 내게는 씁쓸함을, 에두아르에겐 슬픔을 주는 차가움이다.

나와 관계된 모든 것의 욕은 나만 할 수 있듯이 나와 관계되는 사람들을 차갑게 대하는 것도 나만 할 수 있다.

1940년대 한국에서 태어나 한국에서만 살아온 엄마에게 이혼을 앞둔 딸의 남편과 시댁 가족은 그저 남이고 불편한 존재가 되는 게 한국인에게는 당연한 정서일지도 모른다. 엄마의 감정을 충분히 이해하지만, 한번 사위는 영원한 사위가 될 수는 없다 해도 한번 사위였던 에두아르가 엄마에게 그저 '그 사람'인 존재는 아니었으면 좋겠다.

우리 이혼합시다

내 친구 명건이는 돼지다. 아니 돼지였다. 돼지처럼 먹다가 지금은 아파서 살이 빠졌다. 아무튼 명건이는 몇 년 전까지 누가 봐도 돼지였다. 그것도 빨간 돼지. 명건이는 빨간색을 좋아해서 머리부터 발끝까지 빨갛게 해서 돌아다니는 날이 많았다.

어느 날 명건이는 속옷 없이 붉은색 망사 조끼를 입고 나타났다. 피부색이 붉은 편인 명건이는 멀리서 보면 흡사 발가벗은 돼지였다. 조끼의 망과 망 사이가 2센티미터 정도로 헐거워 젖꼭지가 훤히 보였던 명건이는 섹시하기보다 더러워 보였다. 우리는 도쿄 시부야 거리를 같이 걸었다. 명건이가 물었다.

"너, 나랑 걷는 게 창피해?"

자기 꼬라지가 가관인 건 본인도 알고 있는 듯했다. 그러고도 눈 버리게 생긴 꼴로 나타난 건 나를 놀려먹기로 작심했다는 것이다. 나는 아무렇지 않게 대답했다.

"아니, 왜?"

"그럼, 우리 손잡고 걸을까?"

내가 싫다고 하면 '왜? 내가 남자로 보여?' 할 게 뻔했다.

"그래. 우리 손잡고 걷자."

나는 다정하게 말하며 손을 내밀었다.

"흐읍! 왜 이래? 언제는 친구끼리 무슨 손을 잡냐며?"

돼지가 화들짝 놀라며 질색팔색했다. 명건아, 넌 내 손바닥 안에 있어.

그날은 명건이를 골탕 먹일 생각으로 손을 잡겠다고 했지만, 나는 친구의 차림새와 맵시가 어떻든 기본적으로 남사친과는 손을 잡지 않는다. 만약 명건이가 내 애인이었다면 붉은색 망사 조끼를 속옷 없이 입어서 얼핏 보면 젖꼭지를 드러낸, 발가벗었지만 안 섹시한 돼지라 해도 거리낌 없이 손을 잡았을 것이다. 하지만 남편이었다면? 창피해서, 무지하게 짜증나서 절대 손을 잡지 않았을 것이다. 에두아르가 그 꼴로 나와 손을 잡고 걸으려 한다면…, 상상만 해도 주먹이 운다.

이것이 바로 남사친과 애인과 남편의 차이라는 것을 결혼하고 나서 알았다.

　남편은 별것 아닌 일로도 창피하고 짜증스러운 존재다. 남사친과 애인과 남편 중에 가장 소중한 사람은 남편인데도 말이다. 이 소중한 사람에게 어떻게 하면 창피함과 짜증을 느끼지 않을 수 있을까? 방법은 간단하다. 남편을 남사친이나 애인으로 만들면 된다. 그렇게 하기 위해서는 이혼부터 하고 봐야 한다. 이혼이 장난이냐? 말 같지도 않은 소리를 하고 앉았다 하겠지만, 나는 지금 정색하고 진심으로 말하고 있다.

　소설 《남편을 죽이는 서른 가지 방법》이 프랑스어로 번역 출판되었을 때다. 소설을 쓴 서미애 작가의 북토크가 파리의 한 서점에서 열릴 예정이었다. 나는 서미애 작가와 안면이 있어 북토크에 가겠다고 약속했다. 에두아르는 그날 수업이 늦게까지 있어 갈 수 없는 상황이었다. 혹시나 북토크 현장이 썰렁할까 걱정되어 내 SNS에 글을 올렸다. 에두아르의 옛 동료이자 친구, 지금은 내 친구이기도 한 프란츠가 바로 연락을 해왔다.
　"죽지 않으려면 죽이려는 자의 방법을 알아야 하지! 나도 그날 갈게!"
　웃는 듯 우는 듯 말했다. 그도 그럴 것이 순둥이 프란츠는 까칠한 그의 아내 모니크에게 거의 매일 잔소리를 듣는다. 옆에서 보고 있자면 혼나는 것에 가깝다. 안타까운 것은 그가 아내한테 혼나는 것이 아니라, 혼나도 싼 짓을 한다는 것이다. 그는 매번 물이 든 유리컵을 하필이면 테이블 모서리 끄트머리에 간당간당하게 올려놓는다. 세상에는 참 여러 종류의 유유상종이 있다. 누가 친구 아니랄까 봐 에두아르도 똑같은 행동을 하기 때문에 나는 프란츠가 이런 행동을 하는 것을 볼 때마다 모니크에게 적극 공감하며 그녀의 잔소리에 동참한다.

그가 선물이라고 사온 물건은 죄다 모니크의 마음엔 1도 안 드는 것들뿐이다. 그가 아프리카의 여러 나라에 출장을 다녀올 때마다 모니크를 위해 사온 선물은 가죽 새총, 5분 이상 목에 걸고 있으면 목디스크가 생길 것 같은 조개껍데기 목걸이, 쉐케레*… 대충 이런 것들이다. 그 선물을 보면 과연 이게 모니크의 마음에만 안 들까, 생각하게 된다. 그는 식기세척기에 넣어도 될 그릇을 굳이 손으로 씻겠다고 나서서는 부엌을 온통 물바다로 만드는데 정작 그릇에는 세제가 그대로 묻어 있다. "왜 이딴 식으로 일을 하느냐?" 물으면, "그릇 안쪽은 깨끗하게 헹궜다"고 믿기 힘든 말을 태연하게 한다. 이러한 잡다한 일들이

---

* 서아프리카와 남아메리카에서 연주하는 타악기로 둥근 호리병박에 구슬 또는 씨앗, 조개껍데기 등으로 짠 그물이 씌워져 있다.

아무리 잔소리를 해도 고쳐지지 않고 매번 반복된다. 그가 목숨을 걱정할 만도 하다.

퇴근하고 들어온 에두아르에게 프란츠도 북토크에 간다는 소식을 알렸다.

"푸하하하! 암, 가야지. 꼭 가서 책을 사고 작가에게 자세히 물어봐야지. 그런데 그 책은 모니크한테 더 필요할 것 같은데? 큭큭큭. 프란츠, 그 책 읽다가 모니크한테 걸려서 또 혼나는 거 아냐? 불쌍한 녀석!"

우리는 백 퍼센트 동감하며 웃었다. 나는 속으로 '네가 지금 남의 말을 할 처지는 아닐 텐데' 하는 생각이 들어 더 크게 웃었다.

다음 날 에두아르는 아침 일찍부터 수업이 있어 서둘러 집을 나섰다. 나는 오랜만에 오전 시간이 한가해 인터넷을 들여다보다가 미셸 뒤프란이라는 벨기에의 저널리스트가 TV에서 《남편을 죽이는 서른 가지 방법》을 소개했다는 것을 알았다. 그때 전화벨이 울렸다. 에두아르였다.

"북토크가 언제라고 했지?"

"이번 주 금요일 저녁. 왜?"

"에블린한테 그 책 이야기를 했더니, 북토크에 관심을 보여서."

에블린은 에두아르와 같은 학교에서 영어를 가르치는 뉴질랜드인이다. 독일인 프란츠에 이어 벨기에인 저널리스트 뒤프란, 그리고 이번엔 뉴질랜드인 에블린까지?! 남편을 죽이는 법이 이렇게 글로벌한 관심사인 줄은 몰랐다.

북토크 당일 아침, 에두아르는 현관을 나서면서 당부하듯 말했다.

"오늘 그 책 꼭 사와! 나도 읽어야 할 것 같아."

"왜? 내가 널 죽일까 봐 무섭냐?"

"응! 조금."

실실 웃으면서 말하는 게 농담이 섞인 진담 같았다.

"내가 미쳤냐? 곧 이혼할 남편을 왜 죽여? 이혼녀 하면 되는데 왜 살인녀가 돼?"

에두아르는 활짝 핀 얼굴로 출근했다.

소설 《남편을 죽이는 서른 가지 방법》의 내용이 더 궁금해졌다. 남편을 죽이는 방법이 궁금한 것이 아니라 왜 남편을 죽이려는지가 궁금했다. 남편이 죽이고 싶도록 미울 수 있다. 그렇다고 진짜 죽이는 건 소설이나 드라마에서나 벌어지는 일이다. 현실에서는 이혼하면 된다. 살인할 필요가 없다. 너무 당연한 소리지만 살인하는 것보다 이혼하는 게 훨씬 쉽고 무엇보다 도덕적이다. 밉고 싫은 사람과 속내를 속여가며 적당히 부부로

93

산다는 것은 사실 부도덕하다. 동서고금을 막론하고 도덕이 권장되는 진짜 이유는 도덕이 부도덕보다 훨씬 더 쉽고 간단하기 때문이라고 생각한다. 인간은 원래 어려운 걸 좋아하지 않으니까. 인생을 복잡하게 살고 싶지 않다면 도덕적으로 살면 된다.

프랑스를 떠나기 전에 꼭 하고 싶고, 반드시 해야 할 것이 있다. 부르고뉴에 있는 시어머니의 산소에 다녀오는 것이다. 동서들만의 파티 날, 내가 어머니 산소에 다녀올 생각이라고 말하자, 둘째 동서 마리가 화색을 띠며 말했다.

"그럼, 우리 그때 또 볼 수 있겠다. 너 산소 가는 날 나도 갈게! 산소 다녀와서 같이 점심 먹자! 근처에 아주 근사한 레스토랑을 알고 있어! 예약해놓을게."

마리는 어머니 산소에서 차로 30분 거리에 산다. 마리는 우리 모두에게 신신당부했다.

"우리가 함께 어머니 산소에 간다고 하면 에티엔도 따라나설 게 뻔해. 나는 너하고 오붓한 시간을 보내고 싶어. 잠시라도 남편에게서 벗어날 수 있는 기회를 놓치고 싶지 않아. 혹시 나중에라도 우리가 어머니 산소에 다녀온 게 에티엔 귀에 들어가면 곤란하니까 말이 새어나가지 않도록 가족 모두에게 비밀에 부쳐야 해."

내가 조심스럽게 말했다.

"마리, 에티엔하고 같이 있는 게 그렇게 싫으면 이혼하는 게 낫지 않을까?"

마리는 머뭇거리며 말했다.

"네 말이 맞아. 진작 이혼했어야 했어…. 하지만 이젠 너무 늦었어. 젊었을 때는 아이들 때문에 이혼은 생각도 못했지. 지금은 손자 손녀들이 걸리네…. 이렇게 사는 것도 이제는 익숙해져서 괜찮아…."

나는 마리를 이해한다. 충분히 그럴 수 있다. 마리처럼 이야기하는 사람들을 한국과 일본, 이탈리아와 프랑스에서 수없이 봐왔다. 아주 흔한 일이다.

사람들이 이혼하지 않는 이유는 많다. 배우자를 사랑해서, 그래도 이만한 사람이 없어서 이혼하지 않는다. 이런 경우 이혼하지 않는 것은 당연하다. 하지만 이혼하지 않는 이유가 다들 이러고 사니까, 이혼하기에는 너무 오래 같이 살아서, 아이들이 어려서, 귀찮아서, 이혼한 후의 삶이 두려워서라면? 이런 경우는 대부분 이혼하지 않는 것이 아니라 용기가 없어 이혼하지 못하는 것이다.

용기의 적은 익숙함이다. 익숙함에 길들여지면 변화가 귀찮아진다. 사실 많은 부부들이 귀찮고 번거로워서 이혼하지 않는다. 그래서 지긋지긋함을 견디며 인내심을 키운다. 인내심은 비교적 긍정적인 이미지를 지닌 단어지만 지나친 인내심으로 인해 삶이 공허해지고 무료해질 수 있다는 것을 생각보다 많은 사람들이 모르는 것 같다. 공허와 무료가 누적되면 사람이 피폐해진다는 것 또한 모르거나 생각하지 않는 것 같다.

용기를 내는 일은 상당히 어렵다. 어려운 일은 반드시 해야 하는 건 아니다. 하지만 세상에는 쉬운 일이 별로 없다는 것을 우리 모두 알고 있지 않은가?

많은 사람들이 결혼은 꼭 해야 하는 것이라고 생각하는 듯하다. 하지만 이혼은 해야 하는 것이라 생각하지 않는다. 당연히 이혼은 안 하는 게 좋다. 하지만 결혼 또는 이혼이 하고 싶을 때, 그 둘 중에 어느 것이 더 시급하게 해야 할 일일까? 나는 이혼이라고 생각한다.

결혼은 하고 싶어서 하는 것이지만 이혼은 결혼생활이 하고 싶지 않아서 하는 것이다. 하고 싶은 것을 못하는 것과 하기 싫은 것을 억지로 하는 것 중에 어느 것이 더 참기 힘든 일일까? 나는 하기 싫은 것을 억지로 하는 것이 더 힘들더라.

명예에 대하여

그는 나를 '주주'라고 불렀다. 내 메일 아이디가 'juju'로 시작해서 그렇게 불렀다. 나는 그를 '김씨'라고 불렀다. '김형'이라고 부르려다 당시 가수 김C가 인기 있을 때라, 본인이 '김씨'로 불리기를 선호해서 그렇게 불러줬다.

김씨는 내가 3년 동안 다녔던 IT 컨설팅 회사의 사장이었다. 한국 기업의 IT 기술과 콘텐츠를 일본 기업에 소개하고 수출 계약을 맺을 수 있도록 돕는 게 우리가 하는 일이었다. 내가 제시한 황당한 근무조건이나 높게 부른 연봉도 다 맞춰주겠다고 해서 입사했는데 IT 분야는 기계치인 나하고 정말 안 맞는 일이었다. 아무리 근무 환경이 좋고 돈을 많이 준다고 해도 일이 재미없고 내 철학과 맞지 않아 '못해먹겠다'는 생각을 자주 했다. 그럼에도 그 회사를 3년이나 다녔던 것은 김씨의 인간성 때문이었다. 김씨는 좋은 인성을 가진 품위 있는 사람이다.

　매우 성실한 사장이었던 김씨가 나보다 늦게 출근한 날이 있었다. 느지막이 사무실에 나온 김씨가 거의 뛰다시피 해서 사장실로 들어갔다. '내가 뭘 본 거지?' 스쳐 지나간 김씨의 얼굴이 퉁퉁 부어 있었다. 누군가에게 밤새 얻어맞았거나 밤새도록 울었거나 아니면 얻어맞아서 울었나 싶은 그런 얼굴이었다. 김씨의 얼굴은 웃지 않을 때도 웃는 것 같은 얼굴인데 신기하게도 인상을 찡그리면 더 웃는 것처럼 보이는 얼굴이다. 웃는 사람에게 침 못 뱉는다고 장점이 될 만한 인상이지만 군대에서는 통하지 않은 모양이었다. 햇살이 눈부시던 어느 오후, 연병장에서 고참이 별것도 아닌 일로 심각하게 훈계를 하고 있었다고 한다. 김씨는 햇살이 너무 눈부셔서 눈살을 찌푸렸다가 웃었다는 누명을 쓰고 고참에게 맞았다. 그런데 맞고 들어가서도 같은 자리에 서야 했던 김씨는 또다시 햇살이 눈부셔서 눈을 찌푸렸고, 고참은 맞고 들어가서도 웃고 있는 것처럼 보이는 김씨를 보고 반성의 기미가 보이지 않는다는 이유로 더 심하게 때렸다고 한다. 지난밤에도 이 비슷한 상황이 벌어졌었나? 생각했다.

그날 김씨는 퇴근도 소리 소문 없이 잽싸게 하더니 며칠 동안 출근도 하지 않았다. 무슨 일이 있는 게 분명했다. 서로의 호칭이 그러했듯 김씨와 나는 허물없는 선후배처럼 지냈다. 그가 걱정되었다.

며칠 후 김씨가 멀쩡한 얼굴로 나타났다. 그는 사원들 앞에서 며칠 동안의 부재에 대해 사과하며 본인이 없어도 회사가 잘 돌아갈 수 있게 해줘 고맙다고 말한 뒤 사장실로 들어갔다.

나는 냉큼 사내 메신저로 그에게 메시지를 보냈다. 며칠 사이 그에게 무슨 일이 있었는지 궁금했다.

'김씨, 말로만 고마우면 섭하죠.'

'어쩌라고? ㅎㅎ'

'오늘 저녁 쏴.'

'콜!'

'난 유부남하고는 사석에서 단둘이 동석 안 하니까, 이사님 끼고 쏴!'

'나 이제 유부남 아니야.'

'??'

'나 이혼했어.'

'뭐? 또요?'

김씨는 내가 처음 봤을 때 이미 이혼을 두 번 하고 세 번째 결혼을 한 상태였다. 그것도 같은 사람하고. 흔한 경우가 아니라 이해를 돕기 위해 다시 설명하자면, 김씨는 한 사람하고 두 번 이혼하고 세 번 결혼했는데, 그 사람과 또 이혼했으니 한 사람과 세 번 결혼하고 세 번 이혼한 것이다. 그날 저녁 더 이상 유부남이 아닌 김씨와 단둘이 회사 근처 일식집에서 만났다.

"결혼이 취미예요? 이혼이 취미예요? 혹시 기네스북에 막 오르고 그러고 싶어요? 같은 사람하고 결혼과 이혼을 제일 많이 한 부부, 뭐 이런 걸루?"

"우씨, 아니야."

"누가 아닌지 몰라서 물어요? 세 번이나 결혼했으니 네 번 하지 말라는 법도 없는데. 자꾸 이혼하지 말고 그냥 별거를 하지. 네 번째 혼인 신고하려면 구청 직원한테 쪽팔릴 텐데…."

"이번엔 진짜 마지막 이혼이야. 아내한테 남자가 생겼어."

김씨가 펑펑 울기 시작했다. 한참을 울던 김씨가 겨우 눈물을 멈추며 입을 열었다.

"내 잘못이야."

엄청난 미모의 아내에게 첫눈에 반한 김씨의 드라마틱한 결혼 이야기는 이미 알고 있었다. 그들의 첫 번째 이혼 사유는 그가 말해주지 않아 모르겠고, 두 번째 이혼은 아내의 낭비벽 때문이었다. 일본의 명문대학에서 공부한 김씨는 유능한 사람이었다. 수려한 외모에 사회성도 좋은 그는 한때 정말 잘나갔다. 수입이 많았지만 아무리 벌어도 아내의 소비를 따를 수가 없었다. 일을 마치고 귀가하면 집을 잘못 찾아왔나 싶을 정도로 아내는 집 안 인테리어를 몽땅 바꾸어버리곤 했다. 두 사람은 자주 싸웠고 결국 이혼했지만 김씨는 그녀를 잊을 수 없었다. 두 사람 사이에는 아이도 둘 있었다. 김씨는 자신이 돈을 더 많이 벌면 된다고 생각하고 다시 그녀에게 청혼하고 세 번째 결혼을 했다. 그리고 아내와 아이들을 위해 정말 미친 듯이 일했다. 내가 그를 처음 만났을 때 그는 쓰리잡을 뛰고 있었다. 나는 그를 컨설팅 회사의 사장으로 처음 만난 게 아니다. 내가 일본 한 방송사의 구성작가로 일할 때 제작 PD가 김씨였다. 그때 나를 본 김씨가 본인이 따로 하고 있던 컨설팅 회사에 나를 스카우트한 것이다. 내가 본 그는 저러다 죽지 않을까 걱정될 만큼 일만 했다. 이게 문제였다. 아침부터 다음 날 새벽까지 일하고 집에 들어가면 너무 피곤해서 곯아떨어졌다. 아내와 아이들과 함께 보내는 시간은 거의 없었다.

"나는 일하는 데 미쳐서 아내가 얼마나 외로울지 생각하지 못했어. 아내를 위해 일했지만 실은 아내를 위한 게 아니라는 걸 난 몰랐어."

나는 김씨의 아내를 이해 못하는 건 아니지만 화가 났다.

"외롭다고 다 바람을 피우진 않아요. 바람은 의리가 없어서 피우는 거야! 그러니까 자책하지 마요."

30대 초반이었던 나는 이런 막돼먹은 말도 할 수 있었다.

"처음엔 나도 주주처럼 화가 났어. 어떻게 나한테 이럴 수 있나 하고…."

김씨는 마치 아내의 대변인이라도 된 듯 그녀를 변호하기 시작했다.

'그 정도 외모의 여자를 보고 반하지 않을 남자는 없을 것이다. 그 많은 남자 중에 그녀의 마음이 가는 사람이 왜 없었겠는가? 불륜이라는 것, 바람을 피우는 것은 운이 없는 사람들이 하는 것이다. 살다 보면 배우자나 사귀고 있는 사람 말고도 마음이 가는 사람을 만날 수 있다. 단지 내 앞에 그런 사람이 나타나지 않아서 바람피우지 않은 것일지도 모른다. 상대가 나타나지 않아 바람을 피우지 않았을 뿐인데, 나는 도덕적이라고 떳떳하게 말할 수 있을까? 그런 상황에 놓이지 않은 것은 운이 좋은 것일 뿐이다. 그녀는 의리가 없는 것이 아니라 운이 없었던 것이다. 그저 운이 없었을 뿐인데 남편 몰래 바람을 피운 여자로 아내를 몰아세우고 싶지 않다. 아이들에게 아빠를 배신한 엄마로 기억되게 하고 싶지 않다.'

그와 헤어지고 돌아오는 길, 나는 '명예'라는 단어를 떠올렸다. 김씨는 아내의 명예를 지켜주고 싶었던 것 같다. 동시에 자신과 아이들의 명예도 지키고 싶었던 것 같다. 그런 김씨에게서 인간의 품위를 느꼈다. 상대방의 입장을 이해하려고 노력하는 것만으로도 상대의 명예를 지켜줄 수 있다는 것과 상대의 명예를 지킴으로써 자신도 명예로울 수 있다는 것을 알았다. 그때부터 나는 김씨를 더 이상 김씨라고 부르지 않는다. '대장'이라고 부른다.

나의 이혼 소식을 들은 프랑스의 한국인 언니들이 아주 조심스럽지만, 반드시 해야 한다고 생각한 듯 주저하며 한 말이 있다. 위자료 문제다. 30~40년 가까이 프랑스에서 살아온 언니들은 그동안 한국-프랑스 커플의 이혼을 수도 없이 봐왔고 거의 모두가 재산 분할이나 위자료 문제로 좋지 않은 경험을 하는 것을 봐왔다.

프랑스 사람과 결혼한 한국인의 대부분은 여성이고, 이혼 사유는 배우자의 불륜이나 경제적인 문제가 가장 많다. 경제적 문제에는 여러 가지가 있겠지만, 한국인 배우자의 경제적 무능으로 인한 프랑스인 배우자의 불만이 쌓여 사이가 나빠진 경우나, 프랑스인 배우자의 경제적 인색함, 즉 생활비 '칼반땡'이나 생활비 무제공 등으로 한국인 배우자가 더 이상 참을 수 없어

이혼을 결심하는 경우다.

언니들은 그동안 프랑스인 배우자가 위자료를 한 푼도 주고 싶어 하지 않는 경우나, 어떻게 하면 덜 줄까 궁리하며 이혼 소송을 질질 끌어 피를 말리는 경우를 많이 봐왔다. 결국 한국인 배우자는 위자료고 뭐고 다 필요 없으니 이혼만 해달라고 요구하고 한국으로 떠난 경우가 많았다고 한다.

"재산 분할이랑 위자료는 어떻게 하기로 했어?"

"재산은 분할할 것도 없어요. 다 에두아르 월급으로 장만했거나 에두아르의 집안에서 물려받은 것들이니까. 그리고 위자료에는 관심 없어요. 그걸 왜 받아야 하는지 모르겠어요. 지난 11년 동안 에두아르 덕분에 돈 걱정 없이 살았는데, 무슨 위자료를 받아요?"

내가 이렇게 말하면 언니들은 하나같이 주저하며 말했다.

"아니…, 그래도 좀 받지…. 당장 빈손으로 한국 가서 어떻게 하려고?"

"굶어 죽기야 하겠어요? 이혼할 남편한테 돈을 받는 게 왠지 치사스럽고, 무엇보다 나 때문에 에두아르의 경제 상황이 나빠지는 건 제가 원하지 않아요."

나의 진심이었다.

어느 날, 언니들은 또다시 위자료 문제를 조심스럽게 꺼냈고, 나는 똑같이 대답했다. 그런데 한 언니가 불쑥 물었다.

"왜 에두아르가 뭐라고 해? 돈이 없대?"

이 말을 듣는 순간 '아차' 싶었다. 그동안 내 생각만 했구나. 대장이 지키려 했던 '명예'가 떠올랐다.

에두아르는 품위 있는 사람이다. 품위란 사고의 깊이에서 나온다. 그는 거리의 악사에게 단 한 번도 돈을 던져준 적이 없다. 반드시 무릎을 꿇어 상자 안에 돈을 넣는다. 아름다운 음악을 들려준 거리의 아티스트에게 예의를 갖춘다. 그는 구걸하는 사람에게 단 한 번도 동전을 준 적이 없다. 반드시 지폐를 준다. 동전을 주면 그들에게 도움을 주는 것이 아니라 그들을 동정하는 것이 되기 때문이다. 예의도 도움도 품위 있는 따뜻한 마음에서 비롯되는 것이다. 그런 에두아르가 사람들에게 이런 취급을 받게 놔둘 수는 없다.

사실 이혼 이야기가 나오면서 에두아르와 나는 위자료에 대해 이야기한 적이 있다. 내가 먼저 말을 꺼냈다.

"나는 너한테 아무것도 받을 생각이 없어. 그동안 너 덕분에 잘 먹고 잘 살았잖아. 돈을 받아야 할 이유가 없어."

"네가 받고 싶어 하건 말건 나는 줄 거야."

"싫어. 안 받아."

"싫어. 줄 거야."

"안 받는다니까!"

"줄 거라니까!"

이게 우리가 위자료에 대해 나눈 대화의 전부였다. 이렇게 아무것도 받지 않겠다고 큰소리를 떵떵 쳐놓고, 어떻게 다시 위자료 이야기를 꺼내야 할지 고민되었다. 내 생각을 솔직하게 말하기로 했다. 11년간 내 남편이었고 이제는 나의 베프인 에두아르에게 못할 말도 없다 싶었다.

그날 밤, 에두아르에게 말했다. 너의 명예를 위해 내가 위자료를 받는 게 나을 것 같다고. 너를 치사한 프랑스 놈으로 만들 수 없다고. 하지만 나로 인해 너의 경제 상황이 나빠지는 건 싫으니 부동산을 처분하거나 하는 일은 하지 말아달라고 했다. 그것이 나의 명예를 지켜주는 것이라고 했다. 11년 동안 남편 덕을 보더니 떠나는 순간에도 남편 등골을 빼먹은 여자라는 불명예는 싫다고 했다.

에두아르는 고개를 끄덕였다. 그리고 내 눈을 바라보며 말했다. 자신의 명예를 위해 지난 11년 동안 그랬듯 전시회에 다니고 연극과 오페라를 보며 책을 읽어달라고. 반드시 분위기 좋은 카페에서만 커피를 마시고, 친구들을 집에 초대해서 내가 잘하는 디저트를 만들어주라고. 한국에 가서 무슨 일을 하더라도 글쓰기와 그림 그리기를 멈추지 말아달라고, 좋은 작가가 되어달라고 했다.

당부에 가까운 말을 하던 그가 내게 물었다.

"나는 너의 명예를 위해 무엇을 할 수 있을까?"

"지금처럼 미친 책벌레로 살아주면 돼. 나는 내가 프랑스 책
벌레 에두아르의 아내였다는 것만으로도 충분히 명예로워."

에두아르의 눈시울이 붉어졌다.

나와 화해하기

길을 걷다가, 볕 좋은 날 하늘을 올려다보다가, 바람이 실어 나르는 이웃집 아침 식사 냄새를 맡다가… 전혀 특별하지도 색 다르지도 않은 일상의 어느 한 순간, 하늘에서 문장이 떨어지 곤 한다. 한 줄의 문장은 줄줄이 뒤따르는 이야기보따리를 들 고 찾아오기도 한다. 언젠가부터 그 문장 부스러기들을 메모해 놓는 습관이 생겼다.

새 책을 준비하기 시작할 때나 쓰고 있는 글이 잘 풀리지 않 을 때, 하루하루 채워간 메모장을 들여다본다.

'내가 왜 이런 생각을 했을까?'

'이 문장의 어디가 좋아서 메모해놓았을까?'

'이 문장으로는 뭔가 이야기를 만들어볼 수 있겠다.'

문장들을 들여다보며 여러 가지 생각을 한다. 메모해놓은 문장들에는 나의 일상 속 감정의 변화들이 고스란히 담겨 있다. 그럼에도 지금까지 그 문장들을 책에 활용한 적이 거의 없다. 책을 쓸 때마다 고민한다.

'나는 이 책에서 어디까지 이야기할 것인가?'

'말하지 않는 것은 거짓말을 하는 것일까?'

나를 찾아온 문장들이 내 책에 활용되지 않은 이유는 아마도 이런 고민들 때문이었을 것이다. 독자는 내가 전혀 모르는 사람들이다. 나도 독자도 선을 넘어서는 안 된다. 거짓말만 하지 않으면 말하지 않아도 되는 것은 굳이 말할 필요가 없다. 아니, 말하고 싶지 않은 것까지 말할 필요는 없다고 생각했다. '솔직함'이 내 글의 가장 큰 장점이라며 유도하는 노련한 에디터의 꾐에도 넘어가지 않았다. 지금까지 쓴 책들은 그래도 상관없는 주제의 글이었다고 변명해본다.

이혼을 결심한 후, 이번에는 진짜 나의 이야기를 하고 싶었다. 살짝 선을 넘더라도 굳이 하지 않아도 될, 하고 싶지 않은 말이라고 해도 해야 할 것 같다. 아무도 내게 그렇게 하라고 요구하지 않았다. 내 안의 내가 그래야 한다고 말했을 뿐이다. 그동안 나에게 쌓인 문장들을 꼼꼼하게 들여다본다.

나는 평생 단 한 번도 부도덕하거나 나쁜 짓을 해본 적이 없다. 그럼에도 마치 범죄 용의자라도 된 듯 도망치며 살아왔다. 이 나라 저 나라를 떠돌면서 공부를 하거나 그저 시간을 때우면서 사는 것은 나의 현실과 부딪히고 싶지 않은… 도망이었다.

이 메모를 한 날, 내게 무슨 일이 있었을까? 무슨 일이 있었는지 기억나지 않는다. 암기력은 없지만 기억력이 좋은 내가 기억하지 못한다는 것은 이런 생각을 너무 자주 했기 때문일 것이다. 내가 살아가는 방식이 또다시 무척 마음에 들지 않았던 날, 내게 찾아온 문장일 것이다. 그날 나는 도망치듯 살아온 비겁한 내가 몹시도 미웠나 보다.

빛 좋은 개살구. 지금까지 내가 살아온 것을 한 문장으로 정리하기에 딱인 표현이다. 개살구인 주제에 겉을 빛으로 장식하며 사는 나는 피곤하다.

이 문장을 메모했던 날은 기억난다. 파리의 한 약국에서 우연히 만난 한국인을 도와준 날이었다. 그녀는 내게 파리 교민이냐고 물었다. 나는 남편이 프랑스 사람이라 프랑스에서 살고 있다고 답했다. 오랜 세월 프랑스인들이 정성 들여 쌓아놓은 파리의 이미지 덕에 파리는 세상의 많은 사람들에게 매력적인 곳이다. 사람들은 파리에 살고 있는 내게 '부럽다'고 말한다. 그녀는 달랐다. "와! 멋있다!" 그녀의 첫마디였다. 나는 당혹스러웠다. 패션이나 요리, 현대미술, 첨단 항공우주산업이나 원자력산업 같은 프랑스가 앞서가는 것들을 공부하고 있다거나 그 분야에서 일하느라 프랑스에 살고 있는 것도 아닌, 단지 프랑스 남자와 결혼해서 프랑스에 살고 있을 뿐인데 멋있다는 소리를 듣는 게 무척 멋쩍고 이상했다. 무엇보다 떳떳하지 못했다. 프랑스인들이 만들어놓은 매력적인 도시 파리에서 남편이 프랑스인이라 살고 있을 뿐, 나는 멋있는 일을 하지도 멋있는 인간으로 살고 있지도 않았다. 그녀는 도움을 준 내게 커피를 사고 싶다고 했다. 한사코 거절하는 나를 억지로 떠밀어 카페 의자에 앉게 했다. 그녀는 회사 일로 파리에 출장 왔다고 했다. 내 눈에는 프랑스 남자와 결혼해서 어쩌다 프랑스에 살고 있는 나보다 회사 일로 파리에 잠시 다녀가는 그녀가 훨씬 더 멋있어 보였다.

나는 사람들에게 사적인 이야기를 하는 것을 좋아하지 않는다. 그날 나는 그녀에게 '그림을 그리고 글을 쓰면서 살고 있고, 프랑스에 오기 전에 이탈리아에서 공부를 했다'는 말을 했다. 내게 멋있다고 말한, 나보다 멋진 그녀 앞에서 주눅 들지 않고 진짜 멋있어 보이고 싶었던 것이다. 그녀와 헤어지고 집으로 돌아오는 길, 몹시 피곤했다. 자괴감이 들었다. 나는 내가 창피했다.

소심한 성격을 바꾸려고 노력하며 살아오는 동안 나도 모르는 사이 많이 지쳤다. 몸도 마음에도 피로가 누적되었다. 피곤할 때는 쉬어야 한다고 생각했다. 그러면서 나를 시간의 흐름 속에 방치했다. 그런 내가 마음에 들지 않았다. 그래서 이토록 스스로를 비아냥대는 메모를 남겼던 것 같다. 메모장을 넘기다 또 다른 문장에 눈길이 멈췄다.

외국물을 먹으면 세련되어야 하는가?

프랑스 고등학교 졸업시험에나 나올 것 같은 질문을 메모했던 이날도 선명하게 기억난다. 내 책을 읽은 한 독자가 내 글이 촌스럽다며 '외국물을 먹었으면 좀 세련되어지던가?'라고 써 놓은 리뷰를 읽었던 날이다. 이런 식의 공격을 받으면 사람은 반성보다 반격하기에 바빠진다. 나는 내 글의 촌스러움을 반성하기 전에 외국물을 먹으면 세련되어야 한다는 그 독자의 생각이야말로 촌스럽다고 빈정댄 것이다. 화가 나서 쓴 문장이다.

문장을 읽으며 웃음이 난다. 그게 뭐 그리 화날 일이라고 이런 메모를 해놓았을까? 나는 세련됨이란 자유로움이라고 생각한다. 자신만의 취향을 갖고 사는 것이다. 남이 평가하는 것이 아니라 스스로가 기준을 가지고 평가하는 것이다. 그래서 우리 모두는 이미 세련되었거나 세련될 수 있다. 내게는 어느 한 독자의 취향보다 내 취향이 더 중요하다. 그것이 비록 누군가의 눈에는 촌스럽게 보인다고 해도 바꿀 생각이 없다. 오히려 존중한다. 이것은 자신감이라기보다 흔들리지 않아야 내가 나로 살 수 있다는 것을 배웠기 때문이다. 특별하지 않게 차곡차곡 쌓이는 시간 속에서 특별한 에피소드 한 번 없이도 우리는 자신도 모르는 사이에 이러한 것들을 자연스럽게 배우게 된다. 신기하기도 하고 기특하기도 하다.

사람들은 편한 것과 좋은 것의 차이를 구별하지 못하는 것 같다.

이 문장을 쓴 날도 정확히 기억한다. 로마 유학 시절 방학을 맞아 한국에 잠시 갔을 때였다. 내가 팔리지도 않는 책을 쓰고 그림을 그리는 것이 안타까워서인지 한심해서인지 모르겠지만, 가까운 친척이 나에게 충고했다.

"그 돈도 안 되는 일은 그만하고 외국어를 할 수 있으니 관광 가이드 같은 거라도 해보지 그래? 돈 들여 외국에서 공부한 게 아깝지도 않니?"

사실 이런 충고를 한두 번 들은 게 아니다. 새삼스러운 일도 아닌데 그날따라 화가 많이 났다.

'글을 쓰는 것은 돈이 안 되는 일이니 가치가 없는 건가? 공부는 돈을 벌기 위해 하는 것인가? 공부해서 돈을 못 벌면 헛수고를 한 것인가?'

반문하고 싶었다. 오랜만에 들른 한국에서 '돈' 이야기만 하는 한국인들의 지나친 자본주의적 발상이 짜증스러워 예민해져 있었다. '한국은 돈만 있으면 세상에서 제일 살기 좋은 나라'라는 말을 거의 모든 한국인이 했다. 나는 이 말이 어색했고, 이해가 되지 않았다. 그런 생각이 너무 초라하고 궁핍하게 느껴졌다. 돈이 있으면 확실히 살기 편해지겠지만, 반드시 살기 좋아지는 것은 아니다. '편한 것과 좋은 것은 다른 것이다'라고 외치고 싶었던 날, 정작 외치지 못한 나는 분풀이로 메모장에 이러한 문장을 남겼던 것이다.

이 문장을 읽으며 그때 내가 발끈했던 것이 왠지 자격지심이었던 것 같아 웃음이 난다. 어렵게 공부한 언어들을 오랫동안 일상 회화가 아닌 뭔가 생산적인 용도로 사용하지 않고 있는 나를 어느 누구보다 한심하게 생각한 것은 바로 나 자신이었다. 스스로가 한심한 것을 잘 알고 있는데 누군가가 내게 한심하다고 하는 것 같으니 날카로워져서 나 자신을 방어하기 위해 젠체하며 써놓은 문장이다. 이 문장을 쓰면서 빈정대고 잘난 체하는 내 모습이 눈에 그려져 또 한 번 웃음이 난다.

나는 돈과 시간을 왕창 들여 외국에서 공부한 것을 썩히고 있는 것이 전혀 아깝지 않다. 실은 썩히는 것이 아니라는 것을 이제는 알기 때문이다. 외국에서 공부하면서 배운 덕에 나는 더 많은 것을 이해할 수 있게 되었고, 그만큼 더 많은 것을 느끼고 더 많은 것을 즐길 수 있게 되었다. 단순히 학문적·다문화적 유희가 아니라 해도, 공부하는 과정에서 얻게 된 능력이 나를 더 풍요롭게 만들어주었다.

외국에서 공부하다 보면 일정 기간 멍청이로 지내야 한다. 알아들을 수 있는 말도, 할 수 있는 말도 거의 없기 때문이다. 이 멍청이 기간 동안 나는 '관찰'과 '상상', '사색'이라는 능력을 키울 수 있었다. 할 수 있는 말이 없어 대화에 끼지 못한 채 사람들과 같이 앉아 있어야 한다면 무엇을 하겠는가? 사람들의 표정이나 목소리 하나하나를 관찰하게 된다. 당연히 관찰력이 생긴다. 재밌는 것은 관찰력이 생기면 상상력도 덩달아 커진다는 점이다. 관찰이 지루해지면 상상을 하기 때문이다. 또 멍청이 기간 동안은 자연스럽게 혼자 있는 시간이 많아지는데, 그

많은 시간 동안 가장 쉽게 할 수 있는 것이 바로 '사색'이다. 사색은 오감으로 하는 것이다. 눈에 보이는 것, 귀에 들리는 것, 코끝을 스치는 향기, 향기에 반응하는 혀, 내 손에 닿는 어떤 촉감. 이 모든 것은 기억이나 추억을 소환하기도 하고 내 안에 있던 또 다른 모습을 들춰내기도 한다. 그러는 사이 나는 그립기도 즐겁기도 슬프기도 외롭기도 다정하기도 진지하기도 하다. 사색은 사람을 풍요롭고 단단하게 만들어준다.

이혼을 결심한 후, 가장 많이 한 생각 중 하나가 '지난 12년 동안 나는 프랑스에서 무엇을 했나?' 자문하는 것이었다. 그 시간을 무기력으로 채우며 헛되게 보낸 것만 같아 뒤늦게 초조해지기도 했다. 메모해놓은 문장들을 읽으며 생각했다.

끊임없이 이어지는 일상 속에서 나는 나를 미워하며 비판하기도 했고 때론 애써 방어하고 대변하기도 했구나. 나 자신을 잃지 않으려 끊임없이 사색했구나. 아, 나는 나를 위해 치열했구나. 나를 놓아버린 적이 한 번도 없구나.

자신을 객관적으로 평가하고 바라보는 것은 쉽지 않은 일이지만 반드시 해야 할 일이라고 생각한다. 그래야 나를 이해할 수 있고, 나를 이해해야만 다른 사람도 이해할 수 있기 때문이다. 괴롭다고 덮어두지 않고 스스로를 똑바로 바라보려 노력한 덕분에 나는 무척이나 다정하게 이혼할 수 있게 된 것 같다. 내가 대견하게 느껴졌다.

허송세월을 보내듯 살아온 나의 시간들은 잃어버린 시간이 아니었다. 이런 생각이 들자, 스스로에게 인사하고 싶어졌다. 나는 나를 꼭 안으며 말한다.

'수고했어, 정말 수고했어. 정말 많이 수고했어.'

가슴속에 묵혀두었던, 나를 향한 미움으로 뭉쳐진 응어리가 해체되고 풀리는 느낌이다. 나는 드디어 나와 화해할 수 있는 사람이 되었다.

겁 없는 50대

2010년 여름, 로마대학에서 공부하는 '척'하고 있던 나는 방학을 맞아 서울에 왔다.

무척 더운 날이었다. 광화문에서 사촌 윤정 언니와 그녀의 아들, 조카 푸름이를 만났다. 푸름이는 그 더운 날 검정색 긴 데님바지에 검정색 긴팔 남방셔츠를 입고 있었다. 안 더운가?

윤정 언니는 오랜만에 한국에 온 나에게 뭘 먹고 싶은지 물었다. 나는 떡볶이가 먹고 싶다고 했다. 그것도 포장마차에서 파는 떡볶이.

"꼭 포장마차여야 되는 거야? 그런 거야?"

언니는 지나간 유행어를 남발하며 혼자 재밌어 했다. 그런 언니가 귀여워서 웃음이 났다. 옆에서 푸름이가 못마땅한 얼굴로 우리를 쳐다봤다. 포장마차를 찾아 헤매다가 세종문화회관 뒤쪽에 포장마차를 벽에 붙여놓은 듯한 작은 점포를 발견하고 그곳에서 먹기로 했다.

내가 떡볶이를 맛있게 먹자 언니는 "맛있어?" 하고 다정하게 물으며 웃었다. 푸름이가 그런 언니를 한심하다는 듯 쳐다보며 말했다.

"오랜만에 한국 온 동생한테 이런 걸 사주나? 좀 제대로 된 걸 사주면 안 되나?"

"이모가 먹고 싶다고 해서 그런 거잖아! 시끼야."

"키하, 그 말을 곧이곧대로 듣나? 이모가 엄마 돈 쓸까 봐 그런 거란 생각은 못하나? 그걸 모르나?"

푸름이의 말투는 허세에 절어 있었다. 떡볶이를 먹은 후, 언니는 분위기 좋은 카페에서 커피를 마시자고 했다. 푸름이는 땀을 뻘뻘 흘리며 앞장서서 걸었다.

"언니, 그냥 근처 아무 데나 들어가자. 푸름이 더위 먹겠다. 푸름아, 덥지?"

"이 정도 더위도 못 참나? 이왕 갈 거면 좋은 데로 가지 뭐 아무 데나 가려 하나? 따라와 보지."

분위기 좋은 카페를 알고 있을 것 같지도 않은 녀석이 바지 주머니에 손을 찔러 넣으며 터프하게 말했다. 조카가 발음하는 모든 음소音素에는 바람 소리 비슷한 숨소리가 섞여 있었다. 더위를 드셔서 미친 것 같았다.

"푸름이 말투가 왜 저래? 왜 아까부터 말끝마다 의문형 종결어미 '~나?'를 붙이는 거야?"

언니에게 귓속말로 물었다.

"저 시끼가 중2라서 그래."

그때 처음으로 '중2병'이라는 게 있다는 것을 알았다. 열네 살 무렵 허세와 자아도취가 심해지면서 겁을 상실하게 되는 병이라나. 나는 2년 전 50대가 되었다. 얼마 전 내가 혹시 그때 푸름이가 앓았던 중2병에 걸린 건 아닐까 하는 생각이 들었다. 자아도취나 허세를 떠는 증상은 심하지 않지만 확실히 겁을 상실했다. 무서운 게 없다.

지금의 내 상황을 객관적으로 보자면 막막하고 걱정되고 미래가 두려워야 정상이다. 나는 평생의 반을 외국에서 살았다. 한국에서 태어나 스무 살 이후로 일본과 이탈리아, 프랑스로 옮겨 다니며 살았다. 태어나서 열 살 정도까지 대부분의 사람들은 그냥 태어났으니까 산다. 보통 열 살 무렵까지는 타고난 성격이란 것은 있지만 자아의식도 가치관도 아직 제대로 자리 잡지 않아 인격이 완전히 형성되었다고 볼 수 없다. 나로서 사는 것이 아니라 그저 주어진 환경에서 시간을 보내며 그냥 사는 것이다. 나는 열 살까지 정말 아무 생각 없이 살았다. 그렇게 내 인생에서 10년을 빼면 한국보다 외국에서 산 기간이 더 긴 셈이다.

나는 곧 한국으로 돌아간다. 외국에서 오래 살아온 내게 한국은 낯선 곳이다. 한국인들과 나는 사고방식도, 말하는 방식도, 관심 주제도 많이 다르다. 가끔 한국에 가면 바보가 된 듯한 느낌을 받곤 한다. 나는 아는 것이 없다. 지하철 표 사는 법도 몰라서 물어야 하고 사람들이 하는 말도 잘 못 알아듣는다. 말을 알아듣지 못할 때마다 가족이나 친구한테 물어보는 것도 뭣해서 알아들은 척한 적도 많다.

'라떼는 말이야'가 무슨 의미인지도 최근에야 알았다. '라떼'는 이탈리아어로 '우유'라는 뜻이라 이 문장을 도무지 해석할 수 없었다. '우유가 뭐 어쨌다는 거지?' 생각하는 사이, 대화의 주제가 바뀌어 있어 물어볼 타이밍도 매번 놓쳤다. 최근에 그 의미를 알게 된 것도 황당하다. 에두아르의 사촌동생 마크의 약혼녀 퀸이 설명해줘서 알았다. 미국인인 퀸은 서울에서 2년간 영어 강사로 일했다고 한다. 그 말의 뜻을 알고 난 후에는 왜 한국인은 이런 말을 그렇게 많이 쓸까, 궁금해졌다.

이런 내가 오십이 넘은 나이에 이혼하고 한국으로 돌아간다. 작가라는 것 빼고 딱히 내세울 직업도 없다. 그렇다고 부모님이 부자도 아니다. 몇 개 국어를 할 수 있으니 어떻게든 일자리를 구할 수 있지 않겠느냐고들 하지만 명퇴할 나이에 취직이 가능할까? 게다가 너무 오랜 기간 사회생활을 하지 않아 경력은 단절되었다. 장사를 해볼까도 생각해봤지만, 밑천도 없고 에두아르와 살면서 보고 배운 지랄병 때문에 아무래도 손님들과 싸우지 싶다. 아무리 생각해봐도 답이 없는 상황이다. 나의 미래는 암담하다.

그런데 이 모든 게 하나도 두렵지 않다. 나는 겁을 완전히 상실했다. 왜 안 무섭지? 혹시 미쳤나?

중2 푸름이가 겁이 없었던 이유는 아마도 아는 게 별로 없어서였을 것이다. '무식하면 용감하다'는 말이 있다. 무식하면 정말 상당히 용감해질 수 있다. 열네 살 아이가 알면 얼마나 알겠는가? 인간이 배워야 할 것들은 14년간의 학습으로는 턱없이 부족하다. 아는 게 많지 않은 중2들은 두려울 게 없을 것이다.

나는 겁도 많고 용기도 없고 걱정도 많은 사람이었다. 열 살 이전에는 아무 생각 없이 살았지만 10대 중후반부터는 생각이 참 많았다. 그 모든 생각은 다 걱정이나 불안, 두려움으로 다가왔다. 불투명한 미래는 공포스러웠다. 두려움의 원인은 불투명

한 미래가 아니라 희망을 가장한 목표 때문이었다. 그동안 나는 열심히 사는 만큼 그에 대한 보상을 받기 위한 목표를 세웠다. 희망과 목표는 성공이나 실패, 둘 중 하나의 결과로만 나타난다고 생각했다. 나는 성공하지 못할까 봐 두려웠다.

50대 이혼과 낯선 모국으로의 귀국을 앞둔 내가 무서운 게 없는 이유를 알 것 같다.

'이제부터는 내가 하고 싶은 일만 하면서 살아야지. 절대로 하기 싫은 것을 억지로 하도록 나를 방치하지 않을 거야.'

이혼을 결심한 후 마음먹었다.

그동안의 삶을 통해 이젠 나 자신에 대해 어느 정도 알 것 같다. 나는 비교적 선량하고 무해한 사람 같다. 한 번도 작정하고 악한 일을 한 적이 없고 도덕적으로 사는 것이 적성에 맞다. 그렇다면 내가 하고 싶은 대로 하면서 살아도 별탈없을 것이다.

그런데 하고 싶은 일만 하면서 살 수는 없다고들 한다. 맞는 말이다. 하지만 우리가 할 수 있는 것 중에 하고 싶은 일 골라서 하면 되지 않을까? 하고 싶은 모든 일은 아니라 해도 내가 할 수 있으면서 하고 싶은 일은 할 수 있다. 그렇게 살 수 있을 거라는 희망이 생겼다. 예전에 내가 희망했던 것들과는 결이 많이 다른 희망이다. 하고 싶은 일을 하는 것에 만족하면 결과의 성공과 실패에 관심이 없어진다. 보다 더 선명하게 실현

될 수 있는 희망이다. 실현할 수 있는 희망이 있으니 무서울 게 없다.

내가 겁 없이 승패 없는 희망을 가질 수 있는 것은, 아마도 이혼과 함께 나와의 관계를 개선했기 때문이 아닐까? 나는 추상적인 생활을 하며 삶의 막연함에 공허해하던 나를 좋아하지 않았다. 이혼을 결심한 나는 이제 내 삶을 구체적으로 살아가려고 한다. 이렇게 결심한 내가 나는 좋다. 내겐 좋아하는 내가 늘 함께할 것이다. 두려울 것이 없다.

나는 이혼을 통해 그동안 방치했던 나 자신과 화해했다. 겁 없는 50대가 된 나는 성장한 것도 퇴보한 것도 아니다. 변화했을 뿐이다. 생각의 변화란 참으로 신기할 따름이다. 눈에 보이게 달라진 게 없는데도 마음이 편안하고 기분이 좋다.

나는 겁 없는 50대가 되어 나이에 연연하는 한국인들 사이로 뛰어든다.

관계는 변해도 유지되는 것

파리에는 한국 교민이 많다. 그런 만큼 프랑스 한인회의 활동도 왕성하다. 해마다 9월이면 파리 아클리마타시옹 공원*에서 프랑스 한인회가 주최하는 한가위 축제가 열린다. 축제 내용도 알차다. 사물놀이, 태권도 공연과 함께 한국 노래 경연, K-팝 댄스 경연대회가 벌어진다. 노래 경연에는 프랑스인이 우승하기 쉽다. 프랑스인이 판소리 한 소절 불러버리면 게임 끝이다. K-팝 댄스 경연은 백 퍼센트 프랑스인으로 구성된 팀이 우승한다. 한국인으로만 구성된 팀은 아예 없어서 그렇다. 공원 한쪽에는 한국 문화 체험 부스와 K-푸드 포장마차가 줄

---

* 파리 16구에 위치한 유원지로 공원 내에 '서울 정원(Jardin de Séoul)'이 있다.

지어 자리한다. 작년에는 한국 드라마 〈오징어 게임〉의 인기로 딱지 접는 법과 딱지치기가 인기였다. 하나에 10유로나 하는 달고나도 불티나게 팔렸다.

"한가위 축제 때 올 거지? 이럴 때일수록 밖에 나와서 사람들하고 어울리는 게 좋아. 에두아르랑 같이 와."

친언니처럼 나를 챙기는 희선 언니가 전화로 물었다.

"네, 그런데 에두아르는 그날 오후에 라틴어 과외 수업이 있어서 아마 못 갈 거예요. 일단 물어는 보겠지만, 설마 오겠어요?"

퇴근한 에두아르에게 한가위 축제에 갈 수 있냐고 물었다.

"수업 준비도 해야 하고, 왔다 갔다 동선도 복잡하니까 오지 않아도 돼."

"수업 시간 전까지만 있다 오면 되는데 뭘. 같이 가자."

뭐 그렇게까지 싫었지만, 말리지 않았다.

올해는 드라마 〈이상한 변호사 우영우〉의 히트로 김밥이 인기가 좋았다. 김밥을 먹으려면 한 시간은 줄을 서야 했다. 에두아르도 나도 먹는 것에 목숨 거는 스타일이 아니라 가장 한가한 포장마차에서 덮밥을 사 먹고 붓글씨 체험 부스에서 붓글씨 쓰기에 도전했다. 에두아르는 그렇게 한 시간 정도 있다가 수업 시간에 맞춰 먼저 갔다. 겨우 한 시간 있을 걸 나라면 안 왔겠다 싶었다.

며칠 후 소미 언니가 전화를 했다. 파리 17구와 서울 양천구가 자매결연을 맺게 되어 17구에 있는 레비 광장에서 한국 문화 체험 행사를 한다고 했다. 번역가인 소미 언니는 자신이 번역한 한국 소설들을 홍보하기 위해 행사에 참가한다며 내게 붓글씨 체험 코너에서 봉사를 해달라고 했다. 지난 한가위 축제 때 봉사했던 서예가 선생님이 그날 다른 일정 때문에 못 오게되어서 급하게 사람을 구해야 하는데, 그 선생님이 지목한 사람이 나라고 했다.

"왜 나야? 나 붓글씨 못 쓰는 거 봤잖아."

"그 정도만 써도 돼. 안 되면 그냥 그림 그려. 사군자 같은거."

호랑이 없는 골에서 토끼가 왕노릇 한다는 게 이럴 때 쓰는 말이구나 싶었다. 나는 소미 언니를 무척 좋아해서 언니가 시키면 거절하기가 힘들다.

"에두아르도 놀러 오라고 해."

"한가위 축제 갔다 온 지 며칠 되지도 않았는데, 설마 한국 행사에 또 오겠어?"

행사 당일 아침은 쌀쌀하고 비까지 왔다. 아침 일찍 집을 나서면서 내가 왜 이걸 한다고 했는지 후회했다. 에두아르는 아직 자고 있었다. 메모만 남기고 집을 나섰다. 행사 규모가 별로 크지 않아 소미 언니랑 대충 시간을 때우면 되겠지 했는데, 비가 개면서 엄청나게 많은 파리지앵들이 몰려왔다. 나는 사군자 중에 가장 그리기 쉬운 대나무를 거짓말 조금 보태서 수백 번을 그렸는데, 나중에는 눈을 감고도 그릴 수 있을 정도였다. 행사 마감 시간이 다 되어갈 무렵, 조금 한가해져 주최 측에서 준비해준 한국 믹스커피를 마시며 쉬고 있었다.

"농땡이 피세요?"

어디서 많이 들어본 목소리가 들렸다. 에두아르였다.

그는 한국 문화 체험 행사장 옆에 있는 한식 포장마차에서 산 붕어빵을 들고 있었다. 붕어빵을 먹은 후 행사장 뒷정리를 도왔다.

며칠 후 민화협(민족화해협력범국민협의회) 프랑스 협의회에서 개최하는 포럼에 초대받았다. 포럼의 주제는 '한반도 평화에 있어 유럽의 역할은 무엇인가'였다. 학구파 오지라퍼 에두아르라면 분명 관심을 보일 것 같아 같이 가겠냐고 물었다. 역시 그는 바로 가겠다고 나섰다. 포럼 초대자 명단에 에두아르의 이름도 넣어달라고 했다.

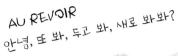

AU REVOIR
안녕, 또 봐, 두고 봐, 새로 봐봐?

**프랑스 책벌레 '미친놈' 에두아르와
'또라이' 본연으로 돌아온 이주영의 요상한 로맨스**

안녕하세요. 이주영입니다.
이 책을 쓰며 지난 11년 동안
에두아르와 함께 들었던 음악들이 떠올랐습니다.
클래식 음악 중 오페라 아리아와
칸타타 위주로 곡을 선곡했습니다.
제 글과 함께 음악도 감상해보세요.

_이주영

오르부아 에두아르 플레이리스트

01:53:22   02:32:56

포럼이 있기 이틀 전, 우리의 이혼 소식을 들은 에두아르의 외숙모님이 에두아르를 이틀 후 보자고 했다.

"명단에서 네 이름 지워달라고 할 테니까 갔다 와. 숙모님이 우리를 걱정해서 부르시는 거잖아."

"포럼 갔다가 가면 되는데 이름을 왜 지워?"

뭐 그렇게까지, 싫었지만 말리지 않았다. 포럼은 1부와 2부로 나뉘어 다섯 시간이나 진행되었다. 에두아르는 1부 세미나를 마치고 외숙모님 댁으로 가야 했다. 1부 마지막 질의응답 시간에 그는 손을 번쩍 들어 질문을 퍼붓고는 자리에서 일어났다.

"끝나고 초대받은 몇 명만 15구에 있는 한식당에서 저녁 식사를 한대. 숙모님이랑 같이 저녁 먹던지, 저녁 알아서 해결하고 집에 가."

"나도 그 식당 가면 안 돼? 나도 초대받았잖아."

"그래도 되는데, 왔다 갔다 힘들지 않겠어?"

에두아르는 한식당 주소를 받아들고 세미나 장을 빠져나갔다. 포럼이 끝난 후, 행사장 1층에 참가자 전원을 위한 입식 연회가 마련되었다. 우리를 초대한 친구가 혼자 있는 내게 다가와서 물었다.

"에두아르는?"

"외숙모님 호출이 있어서 먼저 갔어. 저녁 식사 때 올 수 있으면 온다고 했는데, 설마 오겠어?"

민화협에서 통째로 빌린 식당에는 초대받은 사람들 이름표가 테이블마다 놓여 있었다. 에두아르의 자리가 비어 있어 신경이 쓰였는데, 나만 빼고 아무도 신경 쓰는 것 같지 않았다. 민화협 회장님의 인사 발언 등등을 거쳐 저녁 식사가 막 시작될 즈음, 식당 문이 열렸다. 식당 주인장이 얼른 입구로 달려가 오늘은 일반 손님을 받지 않는다고 이야기했다.

"저 오늘 초대받았는데요."

어디서 많이 들어본 목소리였다. 에두아르였다. 와, 진짜 왔네! 에두아르는 내게 눈짓을 하더니 자기 자리를 찾아 앉았다. 그는 같은 테이블 사람들과 이야기를 하면서 닭강정과 잡채를 흡입했다.

그로부터 나흘이 지났을까. 서울 이태원에서 말도 안 되는 참사가 일어났다. 몇 주 후 파리 교민들은 희생자들을 위한 추모식을 열기로 했다. 에두아르는 추모식 당일 공포의 에티엔 형한테 호출을 받아 부르고뉴로 내려가야 했다. 추모식에 같이 참석한 친구들이 물었다.

"혼자 왔어? 에두아르는?"

"부르고뉴에 있는 둘째 형 집에 갔어. 올 수 있으면 온다고 했는데, 설마 오겠어?"

말이 떨어지기가 무섭게 친구들이 말했다.

"저기, 왔네! 저기 에두아르 아나?"

11월 셋째 주 목요일은 보졸레 누보*의 날이다. 친구 집에 모여 보졸레 누보 파티를 하기로 했다.

"에두아르는?"

"오늘 수업 끝나고 제자들하고 오페라 공연 보러 가야 해서 못 올 거야. 끝나고 올 수 있으면 온다고 했는데, 설마 오겠어? 12시나 되어야 될 텐데."

밤 12시 10분, 친구 집 벨이 울렸다. 에두아르였다. 친구들이 웃으면서 말했다.

"왔네!"

파티가 끝날 즈음 나타난 에두아르는 남은 음식을 먹으며 친구들 앞에서 그날 제자들과 본 오페라 〈율리시스의 귀환〉**에 대해 열강을 시작하더니, 급기야 호메로스의 《오디세이아》를 읊기 시작했다.

---

*   프랑스 부르고뉴의 보졸레 지방에서 만든 와인으로, 그해에 수확한 포도로 만든 햇와인이다. 전 세계적으로 11월 셋째 주 목요일에 출시된다.

"들어주소서, 무사 여신이여! 트로이아의 신성한 도시를 파괴한 뒤 많이도 떠돌아다녔던 임기응변에 능한 그 사람의 이야기를."***

파티 내내 와인을 너무 마신 친구들은 하품을 하며 그의 열강을 들어야 했다. 나는 그가 읊는 시구를 들으며 에두아르도 임기응변에 능하면 좋으련만 생각했다.

며칠 후 친구가 전화를 했다. 재불 한인 여성회에서 '여성의 자리, 여성이 만든다'라는 제목의 세미나와 재불 한국인 입양 아들을 위한 공연과 식사 자리를 마련했다며 에두아르와 같이 오라고 했다.

"알았어. 나는 갈게. 근데 에두아르는 갈지 모르겠네. 생망데면 우리 집에서 너무 먼데, 설마 오겠어?"

"뭐 맨날 설마 오겠어냐? 설마 오더만!"

친구가 웃으면서 말했다. 그런가? 나도 웃음이 났다.

정말 에두아르는 파리 서쪽 끝에 있는 우리 집에서 파리 동

**   〈율리시스의 귀환Il ritorno d'Ulisse in patria〉은 클라우디오 몬테베르디가 작곡한 오페라다. 자코모 바도아로가 호메로스의 《오디세이아》의 마지막 부분을 기초로 이탈리아 대본을 만들었다.)

***   《오뒷세이아》, 호메로스 지음, 천병희 옮김, 도서출판 숲.

쪽 끝에 있는 생망데까지 나를 따라왔다.

변호사와 마지막 미팅을 마친 날, 한국행 비행기 표를 예약했다. 이제 한 달 보름 후면 한국으로 돌아간다. 친구들 전화가 잦다. 모두들 내가 한국으로 돌아가기 전에 한 번이라도 더 만나고 싶어 건수를 만든다. 친구들은 내 한국행 날짜가 정해지기 전에도 그랬다. 언제 떠날지는 모르지만 분명히 떠날 나를 한 번이라도 더 보고 싶어 했다.

출국 날짜가 정해진 후 친구들마다 내게 꼭 물어보는 것이 있다. 에두아르의 휴대폰 번호와 메일 주소다. 친구들은 더 이상 내가 프랑스에 없어도 '설마' 하고 부르면 반드시 나타나는 에두아르와 연락하며 지내고 싶어 한다.

"내 한국인 친구들이 네 전화번호랑 메일 주소를 물어보는데, 가르쳐줘도 돼?"

"당연하지! 나도 네 친구들 연락처 알고 싶으니까 다 알려줘!"

친구들에게 에두아르의 연락처를 알려주면서 에두아르에게 자신의 연락처를 알려주고 싶은 사람은 에두아르의 왓츠앱으로 직접 알려주라고 했다. 그날 밤 에두아르의 왓츠앱 메시지 도착음이 쉴 새 없이 울렸다.

내가 없는 프랑스에서 내 친구들과 에두아르가 모여 파티를 하고 산책을 하고 여행을 떠나는 상상을 해봤다. 든든하다.

내게 에두아르가 더 이상 남편이 아닌 나의 베스트 프렌드인 것처럼, 내 친구들에게 에두아르는 더 이상 친구의 남편도 친구의 전남편도 아닌, 에두아르가 될 것 같다. 에두아르에게 내 친구들은 아내의 친구도 전처의 친구도 아닌 친구들 각자의 이름으로 존재할 것이다. 내 친구들과 에두아르의 관계는 그렇게 변할 것이다.

관계는 변해도 관계가 유지된다. 변한 관계가 유지되면 더 좋은 관계가 될 것이다. 관계란 이래야 제 맛이다. 이래야 관계고 이것이 관계다. 나는 그동안 얼마나 많은 관계를 끊어버렸던가? 단지 그 사람과 관련된 존재라는 이유만으로…. 관계란 끊어버리는 게 아니라 확장하는 것임을 나는 미처 몰랐었다.

태어나서 가장 잘한 일, 결혼

내 친구 근형이는 미혼이다. 근형이는 독신주의자도 비혼주의자도 아니다. 그의 신년 계획은 만나는 사람이 있으나 없으나 언제나 '올해 안에 결혼'이다. 매번 연말이면 수포로 돌아가는 계획이지만 근형이는 지치지 않는다. 새해가 밝으면 또 같은 계획을 세운다.

그가 왜 이러고 사는지 정작 본인은 그 이유를 모르는 것 같지만 친구인 나는 알 것 같다. 근형이는 결혼을 못하는 게 아니라 웬만해선 마음에 드는 사람이 없어서 결혼하지 않는 것이다. 내가 이렇게 말할 수 있는 것은 나 또한 그런 부류의 인간이기 때문이다. 나는 마흔을 넘겨 결혼했다. 제법 늦은 결혼이다. 내 결혼이 늦어진 이유도 근형이와 같다.

첫사랑과 결혼한 내 사촌 윤정 언니는 형부 말고는 다른 남자와 연애 경험이 없다는 게 억울한 모양이다. 언젠가 이런 말을 했다.

"결혼해보니까 정말 절실히 알겠다니까! 혼전 연애 경험은 가장 큰 혼수이자 개인의 자산이야! 연애 경험이 많다는 것만으로 남편한테 우선 이기고 들어가는 거야! 결혼해보면 너도 내가 무슨 말을 하는지 알 거야. 그러니까 너는 릴레이식으로 연애를 하던지 동시다발 문어발식 연애를 하던지 무조건 많이 해봐! 알았지?"

알았다고 대답하며 회사 동료인 김 과장을 떠올렸다. 김 과장은 결혼 전 여섯 명의 남자를 동시에 만난 적이 있다고 말했었다. 김 과장이 자신의 '육다리' 경험을 말할 때 얼굴에 화색이 돌았던 걸로 봐서 윤정 언니의 말대로 혼전 연애 경험은 자산인 게 분명한 듯했다. 사실 나는 김 과장의 연애담을 반신반의했는데 아무리 뜯어봐도 김 과장이 이성에게 인기 있을 스타일이 아니었기 때문이다. 무엇보다 그녀의 식탐을 알게 된 순간 그녀의 말이 모조리 뻥일 수도 있겠다는 생각이 들었다. 음식을 복스럽고 맛있게 먹는 사람은 매력적이지만 며칠 굶은 것도 아닌데 조금이라도 더 먹으려고 달려드는 사람에게 매력을 느끼기는 힘들다.

회사 사람들과 함께 프라이드치킨을 먹은 적이 있다. 사람 수에 비해 치킨의 양이 적다고 생각했는지, 본인이 먹는 속도가 다른 사람들보다 느리다고 생각했는지 김 과장은 치킨 세 조각을 한꺼번에 손에 들고 먹었다. 양손 엄지와 검지 사이에 각각 한 조각씩, 그리고 오른손 중지와 약지 사이에 치킨 한 조각. 모두들 '뭐 하는 짓이냐?'며 쩨려봤지만 그녀는 아랑곳하지 않았다.

이런 식탐녀가 동시에 육다리를 걸쳤다? 혹시 상대는 생각도 않는데 그녀만의 일방적인 육다리일지도 모른다는 의심이 들기는 했지만 밑져야 본전이다. 윤정 언니의 충고를 들은 다음 날 김 과장에게 비법을 알려달라고 했다. 김 과장의 비법은 이랬다.

남자를 만날 때는 이것저것 따지지 않는다. 만난다고 다 결혼할 것도 아닌데, 뭘 따지는가? 남자가 조금만 집적대도 냉큼 접수한다. 또 마음에 드는 남자가 있으면 자존심은 엿이나 바꿔 먹고 들이댄다. 여기서 포인트가 있다. 따뜻하고 은은하게 미소 지을 것. 남자들은 자신에게 따뜻한 미소를 지어주면 혹시 나를 좋아하나 생각하게 되는데 그런 생각이 드는 순간 자연스럽게 그 사람에게 신경 쓰게 된다는 것이다. "연애의 시작은 신경 쓰이게 하는 것이다. 밑줄 쫙!"이라고 덧붙였다. 이 말을 내 방식으로 요약하자면 그냥 아무나 닥치는 대로 만나라는 소리다. 알고 나니 허탈했다. 이딴 식이면 나는 열두다리도 걸쳤겠다.

주변의 양다리계 문어발족들을 보면 공통점이 있었다. 그들에게는 딱히 이성에 대한 취향이 있는 것 같지 않았다. 나와 다른 성性이기만 하면 된다는 식이라고 할까? 다시 말해 그들의 공통점은 눈이 낮다는 거였다. 근형이나 나 같은 부류에겐 미치지 않고는 불가능한 일이다.

결혼 전 나의 눈높이는 이랬다.

나는 곧 죽어도 자연스러운 만남을 추구하는 스타일로 선이나 소개팅은 질색이었다. 학력이나 집안, 직업 등 조건에 맞는 사람을 만난다는 생각을 도저히 받아들이지 못했다. 바꾸어 말하면 나는 주제 파악 따위는 안중에도 없이 내 이상형을 만들어놓았다는 거다.

나는 술에 취하면 아무 데서나 잠이 드는 고약한 술버릇이 있는데, 나의 상대는 아무리 술을 마셔도 술버릇이 없어야 한다. 나는 옷에 관심이 많아 옷가게에서 많은 시간을 허비하지만 상대는 옷에 관심이 없어야 한다. 하지만 촌스러우면 안 된다. 편식을 해서는 안 되며 그렇다고 식탐이 많아서도 안 된다. 키는 178센티미터 이상이어야 하고 몸무게는 75킬로그램을 넘어서는 안 되지만 그렇다고 60킬로그램도 안 되면 곤란하다. 근육이 너무 없어서도 안 되지만 지나친 근육은 부담스러워서 안 된다. 멍청해서는 안 되지만 똘똘하다고 잘난 척해서는 더더욱 안 된다. 나는 비록 기계치에 길치이며 톱질이나 망치질, 삽질* 등 공구를 다루는 일에 무척 서툴지만 상대는 내가 못하는 그런 모든 일들을 잘해야 하는데, 본인이 한 일을 생색내서는 곤란하다. 부드러운 간접화법 말투를 써야 하지만 목소리가 허스키하면 안 된다, 기타 등등.

이런 사람을 못 만나면 결혼을 안 하면 그만이라고 생각했다. 나이가 들수록 나의 눈높이는 점점 더 높아져갔다. 늘그막에 하는 결혼일수록 제대로 된 결혼을 해야 한다! 내가 아무나 하고 결혼하려고 이 나이까지 혼자 살았던 건 아니라고 생각했다. 이쯤 되면 내 결혼이 왜 늦어졌는지 지나가는 똥강아지도 짐작할 것이다. 그렇다고 내가 이상형과 결혼한 것은 아니지만… 흠…. 아무튼 근형이도 나와 비슷한 이유로 결혼이 늦어지고 있는 것이다.

3년 전 늦더위가 기승을 부리던 9월의 어느 날, 근형이와 팡

* 나는 다른 의미의 '삽질'은 비교적 잘하는 편이다.

화문에서 아이스커피를 마셨다.

"나, 올해 안에 결혼하려고."

"와! 드디어 만나는 사람이 생긴 거야?"

"아니. 지금부터 만들어야지."

"마음에 둔 사람은 있고?"

"아니, 아직."

벌써 9월인데 만나는 사람도 마음에 둔 사람도 없다면서 어느 세월에 사람을 만나 해를 넘기지 않고 결혼할 수 있다는 거지? 눈도 높은 주제에.

"근형아, 아이스커피 그만 마셔. 더위 먹었을 때 차가운 거 마시면 안 좋대."

"왜 그러셩? 올해가 끝나려면 아직 3개월이나 남았는데!"

그렇지. '불가능'이 나폴레옹 사전에만 없으란 법도 없고 세상에는 무척 드물게 기적이라는 것도 일어나지. 하지만 이런 경우 친구라면 용기를 주고 응원하기보다는 현실적인 충고를 해주는 게 맞지 않을까?

"너 결혼이 그렇게 하고 싶니? 나 에두아르하고 사이 나쁘지 않거든. 그런데도 내가 결혼해보니까 결혼이라는 것, 굳이 안 해도 괜찮은 것 같아. 진짜!"

"그게 진짜인지 가짜인지는 일단 내가 한번 해보고 판단할게!"

3년이 지났다. 근형이는 아직 싱글이다. 나는 곧 이혼한다. 지금의 나는 근형이가 꼭 결혼하기를 바란다. 3년 전 근형이에게 괜한 소리를 한 것 같아 미안하고 후회한다.

일본에서 돌아온 해 가을, 동생 자영이가 결혼했다. 동생이 결혼한다니 신기하기도 하고 왠지 이상하기도 했지만 기분 좋았다. 식이 끝나고 피로연장에서 나를 오랜만에 만난 친척들은 알은체를 하며 인사를 건넸다. 먼 친척들은 '한국에는 언제 들어왔냐?', '공부는 다 마치고 온 거냐?' 인사했다. 자, 이번엔 삼촌 이내의 인사다. 그중 제일은 전주에 사는 작은아버지와 숙모였다.

"야이, 이 못난 놈아, 동생 먼저 보내냐?"

작은아버지가 나를 보자마자 말했다. 옆에 있던 숙모가 작은아버지 옆구리를 다 보이게 몰래 꼬집으며 복화술을 사용해서 다 들리는 작은 목소리로 말했다.

"하지 마~. 시방 젤루 속상한 사램이 주영이여. 동생 먼저 시집보내는 언니 맴이 어쩌것어?"

작은아버지는 무안한 얼굴로 얼른 수습에 나섰다.

"그려, 너는 여태껏 공부했응께. 이제 얼른 좋은 사람 만나서 시집가면 되제."

사투리가 너무 재밌어서 웃기기도 했지만 황당하기도 했다. 동생이 결혼하는데 미혼인 언니가 왜 속상해야 하는지 알 수 없었고, 부부 사이가 그다지 좋지 않은 작은아버지와 숙모가 그런 말을 해서 어이없었다. 맨날 티격태격 흉보면서 사는 부부가 결혼을 권장하다니? 대체 왜? 나도 얼른 결혼해서 자신들처럼 행복하지 않게 살라고? 워메, 이것이 덕담이여 악담이여 대체 뭣이여?

나는 동생이 결혼하고 16년이 지난 후 결혼했다. 결혼하고 알았다. 그때 작은아버지의 말이 덕담이었다는 것을.

배우자는 세상 그 누구보다 소중한 존재다. 함께하는 시간이 가장 많은 사람이기 때문이다. 같이 밥을 먹고, 같이 자고, 같이 일어나고, 같이 놀러 가고, 같이 울고 웃고, 별것도 아닌 일로 싸운 후 쉽게 화해하고, 서로 원수 덩어리가 되었다가 은인恩人이 되기를 반복하며 많은 시간을 함께 보낸다. 아무에게도 하지 못할 말을 배우자에게는 할 수 있다. 부부는 누구와도 같이 하지 않는 둘만의 은밀함과 극히 사소함을 공유하며 세상에서 가장 편하고 가장 친한 사람이 되어간다. 싸우고 미워하는 것도 편하고 친해야 할 수 있는 것이다. 살면서 이러한 관계의 사람을 만날 기회는 흔치 않다. 결혼은 이런 사람을 가장 쉽게 만날 수 있는 방법이다.

결혼은 인간관계를 확장시킨다. 생각지도 않았던 사람들, 나와 전혀 다른 환경에서 살아온 사람들과 새롭게 가족이 되고 내 편이 되며 나 또한 그들 편이 된다. 관계는 꼬리에 꼬리를 물고 또 다른 내 편이 되고 나도 그들 편이 된다.

나는 시어머니를 '마몽maman'이라고 불렀다. 프랑스어로 '엄마'라는 뜻이다. 프랑스에서 시어머니를 '마몽'이라고 부르는 경우는 극히 드물다. 프랑스어를 전혀 못하던 때, 에두아르가 어머니를 그렇게 불러서 생각 없이 따라 불렀는데, 시어머니가 너무 좋아서 계속 그렇게 부르게 되었다. 마몽은 나를 '마 쉐리ma chérie'라고 불렀다. '우리 애기', '내 새끼'라는 표현이다. 프랑스에서 며느리를 '마 쉐리'라고 부르는 것도 아주 드문 일이다. 마몽은 살아 계시는 내내 나를 자신이 낳은 새끼처럼 애지중지 귀여워해주셨고 나는 나의 친할머니와 동갑인 시어머니를 내 친할머니보다 더 따랐다. 돌아가신 시어머니가 많이 보고 싶다. 딱 한 번만이라도 다시 만날 수 있으면 참 좋겠다.

에두아르의 사촌동생 필립은 프랑스에서 꽤 유명한 영화감독이다. 몇 해 전 필립이 만든 영화가 프랑스 영화 역사상 여덟 번째 흥행 성적을 기록하기도 했다. 그는 영화에 아시아 국가가 등장하는 일이 있으면 일본이 아닌 한국을 대사에 넣는다. 나는 그의 영화가 한국에서 개봉되었을 때 열심히 홍보했고 앞으로도 그럴 것이다.

에두아르의 제자들과 나폴리로 수학여행을 떠났을 때, 에두아르는 아이들을 맨 앞에서 인솔해야 해서 나는 맨 뒤에서 혹시 낙오되는 아이가 없도록 챙겼다. 폼페이행 기차를 놓칠까 봐 모두가 힘껏 뛰어야 했을 때, 뒤처지는 나를 걱정하다 내 손을 잡고 뛰었던 열여섯 살 소년 사무엘과 그레그와르. 나는 사무엘이 담배를 피운다는 사실을 끝까지 에두아르에게 말하지 않았다. 파리시립근대미술관의 관장을 우연히 파티에서 만났을 때, 그녀가 그레그와르의 엄마라는 사실을 알고서는 서로 얼마나 반갑고 즐거워했던가?

내가 결혼하지 않았다면 어떻게 이렇게 생각지도 못한 다양한 사람들을 만나고 관계를 맺을 수 있었을까?

진짜 소중한 사람을 갖게 되는 것, 세상에서 가장 편한 사람을 갖게 되는 것, 그 사람으로 인해 새로운 세상이 열리고 새로운 인간관계를 맺게 되는 것. 이 모든 것이 결혼으로 가능해진다. 아마도 내가 태어나서 가장 잘한 일은 결혼이 아닐까? 이혼을 앞둔 사람이기에 더 자신 있게 말할 수 있다.

결혼, 이보다 더 좋은 일이 있을까? 할 수 있다면 꼭 한 번은 해보라고 말하고 싶다.*

* 결혼을 위해 눈을 조금 낮춰보는 것도 좋겠다.

위로에 대하여

　이혼은 공식적 불행인가 보다. 내가 아무리 괜찮다고 해도 아무도 믿지 않는다. 환장하겠다.

　결혼은 모두 축하하면서 이혼은 왜 축하하지 않는지…. 우리처럼 다정하게 이혼하는 경우가 아니라 해도 사실 이혼은 결혼보다 더 축하해야 할 일인데, 왜 다들 급 친절해져서 위로하려고만 드는지 모르겠다.

　이혼을 그냥 심심해서, 이유 없이 하는 사람은 이 세상에 단한 명도 없을 것이다. 이혼 사유가 납득이 안 될 수는 있어도 사유事由 없는 이혼은 절대 없다. 이혼은 부부가 같이 사는 것보다 헤어지거나 떨어져 사는 것이 더 좋겠다고 판단해 내리는 결정이다. '더 좋을 것' 같은 일을 실행하는데, 왜 축하해주지 않는 것일까? 나라도 여기서 이혼한 모든 사람들에게 축하 인사를 전하고 싶다.

당신의 이혼을 진심으로 축하합니다.

오래된 절친 명건이에게 내 이혼 소식을 알렸다.
"좋겠다. 부럽다~ 지지배야!"
"그럼, 너도 해."
"해줘야 하지!"
명건이는 오래전부터 이혼하고 싶어 했다. 그래서 나를 부러워할 만하다고 철석같이 믿었다. 역시 명건이는 내 절친이구나, 나랑 잘 통하는 녀석이다, 생각했다. 그런데 그날 이후로 명건이는 뜬금없이 메시지를 불쑥불쑥 보냈다. 모두 이런 내용이다.
'기운 내!' '괜찮아?' '파이팅!' '다 잘될 거야.'
아, 짜증난다. 엊그제도 왔다.
또 '기운 내!'
분명 이혼하는 이유를 구체적으로 설명해주었고 우리가 어떻게 잘 지내고 있는지도 이야기해주었으며, 메시지를 받을 때마다 난 괜찮다, 진짜 괜찮다, 나 잘 지내고 있다, 알았다 등등

온갖 긍정적인 답장을 보냈건만, 대체 왜? 계속 같은 말을 반복하는 건지. 엊그제는 메시지를 받자마자 열이 나서 전화를 했다.

"야! 내가 괜찮다고 했지!? 그런데 왜 자꾸 같은 메시지를 보내고 지랄이야?"

"야! 내가 너를 걱정하고 응원하고 위로해주지 않으면 누가 널 위로해주냐?"

"바로 여러분! 됐냐?"

"진짜 괜찮나 보네. 나는 너의~ 영원한 형제야~ 워~ 나는 너의 친구야~ 알지? 힘들면 힘들다고 나한테 말해! 아무튼 앞으로는 그런 문자 안 보낼게! 기운 내자! 이주영!"

와, 끝까지 기운 내란다. 이쯤 되면 포기하자 싶어, 알았다고 하고 전화를 끊었다.

출판사 나비클럽의 대표이자 찐친 영은이에게 전화로 이혼 소식을 알렸을 때다. 휴대폰 건너편에서 갑자기 난데없는 소리가 터져 나왔다.

"푸하하하하하, 푸하하하하하, 푸하하하하하!"

영은이가 막 웃었다는 소리다.

"웃기냐?"

내가 물었더니 또다시

"푸하하하하하, 푸하하하하하."

막 웃었다. 역시 영은이는 달라! 생각했다. 며칠 후 영은이는 내게 메일을 보냈다. 그날 자신이 웃었던 건 내 목소리가 너무 아무렇지 않아서 나온 헛웃음이라고 했다. 일반적으로 헛웃음은 '피식' 하지 않나? 살면서 '푸하하하하하' 하는 헛웃음은 처음 들어봤다 싶어 나야말로 헛웃음이 나왔다.

며칠 후 영은이와 통화할 일이 있었다. 영은이는 그날 자신이 웃은 것에 대해 이야기했다. 자기는 원래 당황하면 그렇게 웃음이 난다나? 그날 웃은 게 신경 쓰이는 모양이었다. 급작스럽게 소심해진 모습을 보였다. 녀석을 신경 쓰이게 하고 소심하게 만든 사람이 바로 '나'라는 생각에 영은이에게 미안했다.

몇 개월 동안 내게 일본어 레슨을 받았던 친구의 부탁으로 함께 파리 음식박람회에 갔다. 일정을 마치고 돌아오는 지하철 안에서 내 이혼 소식을 들은 그녀가 말했다.

"프랑스에 남아서 일을 찾지, 왜 한국에 돌아가려고? 프랑스에서 일본어 레슨도 하고, 할 수 있는 일이 많을 것 같은데…. 나 다시 센세이先生(선생님)한테 일본어 배우고 싶은데…."

"공부나 열심히 하면서 배우고 싶다고 하던지! 공부 안 해서 실력 안 느는 학생한테 돈을 받으면 내가 사기꾼이 되는 기분이라서 가르치기 싫어."

웃으며 말했다. 실제로 그녀는 공부를 건성으로 했었다.

"그럼, 내가 열심히 벤쿄勉強(공부)하면 프랑스에 남아서 니혼고日本語(일본어) 가르쳐주려나? 센세이?"

그녀가 아양을 떨면서 말했다.

"와! 지금 완전 찌질했어. 외국어 못하는 사람들이 꼭 모국어에 외국어를 섞어 써요. 그렇게 섞어 쓰면 모국어도 못해 보이는데 그걸 모르나? 암튼, 일본어 그딴 식으로 섞어 쓸 거면 어디 가서 나한테 일본어 배웠단 얘기 하지 마!"

나는 우리의 대화를 농담으로 이어가고 싶었다. 사람을 만날 때마다 대화 주제가 나의 이혼이 되는 것이 부담스럽다. 모두들 내가 한국에 가서 잘 적응할지, 뭘 해서 먹고살지 걱정한다. 나라를 바꾸어 살 때마다 그 나라 언어를 배우는 데 엄청난 시간과 에너지를 소모했던 나는 이번에는 적어도 한국어를 배우지 않아도 되고, 굶어 죽기는 생각보다 쉽지 않다고 진심으로 말해도, 아무도 내 말을 진정성 있게 받아주지 않는다. 그래서 대화 주제는 매번 반복되어 식상하고 모두에게 걱정을 끼치는 것 같아 떳떳하지 못하다. 한국에 있는 대부분의 친구들에게 이혼 소식을 아직 알리지 않은 이유이기도 하다.

내가 자꾸 농담을 하자, 그녀는 진지한 표정을 짓고 갑자기

경어로 말했다.

"에두아르, 동양에서 온 여인이 그리울 거예요."

"엥? 무슨 소리?"

"에두아르, 주영 씨가 그리워질 거라고."

나는 그녀가 무슨 말이 하고 싶은지 몰라 어리둥절했다.

'그리워질 것이다.'

하…, 미래형 문장이다. 항상 느끼는 거지만 미래형 문장은 참 해석하기 모호하다. 이 문장은 희망인가, 위로인가, 단순 추측인가?

원활한 소통을 위해서 말을 하는 사람은 자신이 말하고자 하는 바를 쉽고 정확하게 전달해야 하고, 듣는 사람은 말하는 이의 의도를 오해하지 않고 이해해야 한다.

그녀는 에두아르가 나를 그리워할 것을 핑계 삼아서라도 내가 프랑스를 떠나지 않기를 바라는 마음을 전하고 싶었던 것일까? 아니면, 에두아르가 나를 붙잡지 않고 떠나보낸 것을 언젠가는 후회하며 나를 그리워하게 될 것이니, 나보고 서운해하지 말라는 위로를 하고 싶었던 것일까? 나는 그녀의 발화發話 의도를 오해하지 않고 해석하려 노력했는데, 그녀의 말투와 '비언어적 언어', 즉 표정과 태도 등으로 봐서 나를 위로하고 있다는 느낌을 강하게 받았다.

만약 그녀의 의도가 위로였다면, 나는 졸지에 에두아르에게 버림받은 사람이 되는 것이며, 에두아르는 그리움이 흔히 동반하는 외로움을 견뎌 마땅한 놈이 되는 것이다. 이혼하면 이런 위로까지 받아야 하나, 하는 생각에 기가 찼다.

그녀와 헤어지고 돌아오는 길, 나는 조금 걷고 싶었다. '위로'에 대해 생각하고 싶었다. 내려야 할 역보다 한 정거장 먼저 내렸다.

위로는 상대를 생각하는 마음에서 출발하지만, 위로를 받는 사람은 위로받음과 동시에 불행이나 아픔, 괴로움, 피해당한 것 등등이 확실시되고 현실화됨으로써 초라함을 느낄 수 있다. 반면 아무런 위로도 받지 않는 사람은 주위 사람들에게 서운함과 동시에 외로움과 고립감을 느낄 수 있다.

위로는 해도 안 해도, 위로받아도 안 받아도 탈이 될 수 있는 무척 조심스럽고 어려운 것이라는 생각을 했다. 그러다 문득 광진구 클럽 살인 사건으로 아들을 잃은 선배가 했던 말이 떠올랐다.

사건이 있고 그를 처음 만났을 때, 나는 그를 바로 알아보지 못했다. 선배는 못 알아볼 정도로 살이 빠져 있었고, 머리는 새하얗게 세어 있었다. 그의 눈에는 깊은 슬픔에서 나오는 날카로움이 어려 있었다. 선배는 직장도 그만두고 아들의 형사소송 항소심에 주력하고 있었다. 기가 막혔다. 이 일을 어떻게 해야 하나 싶었다. 그에게 무슨 말로 위로해야 할지 몰라 쩔쩔맸다. 그러다가 겨우 한 소리라는 게….

"선배…. 산 사람은 살아야죠…."

말을 하자마자 내가 지금 무슨 소리를 한 건가 싶어 후회했다. 가까스로 건넨 위로였지만, 너무 어쭙잖아 후회했다. 걷잡을 수 없는 고통을 겪고 있는 사람에게 목숨이 붙어 있으니 그냥 살라고? 살아서 계속 아프라고? 아들은 이미 이 세상 사람이 아니니 이제 그만 잊으라고? 이게 무슨 막말인가?

"선배, 정말 미안해. 내가 너무 잔인한 말을 했어. 정말 미안해요. 내 생각이 짧았어. 정말 미안…."

나는 있는 힘껏 변명하느라 어쩔 줄 몰랐다.

"뭐가 미안해? 주영 씨가 무슨 마음으로 그 말을 했는지 아는데…. 내가 고맙지."

그때 선배가 내게 해준 말이다. 참 따뜻한 말이다. 선배는 그 와중에도 따뜻함을 잊지 않았다. 안도했다. 위로하려다 위로받는 느낌이었다. 몹시 서툴렀지만 어떻게든 위로의 말을 건네려는 내 마음을 그대로 받아준 것이다. 그때 나는 깨달았다. 내가 건네려 했던 건 어떤 말이 아니라 나의 온기였다는 것을. 선배의 따뜻한 마음이 거꾸로 내 마음의 온도를 느끼게 만들었다.

위로는 위로하는 사람보다 위로받는 사람의 태도가 더 중요한 것인지도 모른다. 에두아르가 나를 그리워할 거라는 그녀의 말은 진심으로 나를 위로하려는 따뜻한 마음이었다. 내가 그 말의 본질을 오해해 기분이 상했던 것이다.

위로의 본질은 그 사람을 위한 따뜻한 마음이라는 것을 잊지 말아야지. 그러니까 명건이가 보내는 '기운 내' 세 글자에 짜증 내지 말아야지.

따뜻함을 품고 위로하는 사람은, 스스로의 온기에 따뜻해진다는 것도 같이 기억해야지. 그러니까, 세상에서 가장 길고 크게 헛웃음 지은 걸 몇 날 며칠 후회하는 영은이에게 미안해하지 말아야지.

위로를 받든 축하를 받든 무엇을 받든, 받는다는 것은 고마운 일이라는 것도 꼭 기억해야지 다짐한다. 그러니까, 여러분 고맙습니다.

사연이 많다는 축복

출국 날짜가 정해진 후 거의 매일 파티의 연속이다. 하루쯤 쉬고 싶은 마음이 굴뚝같지만 그럴 수 없다. 점심에 희선 언니의 초대를 받았다. 저녁에 시외숙모님이 나를 위한 파티를 마련해주셔서 언니의 초대는 다음으로 미루고 싶지만 그러지 못했다. 나를 볼 때마다 "진짜 가는 거니?"라고 묻는 언니에게 저녁에 있을 파티 때문에 갈 수 없다는 말은 차마 할 수 없었다.

점심에 내가 희선 언니 집에 간다는 소식을 들은 간호사 친구는 새벽 근무를 마친 후에 바로 오겠다고 했다. 한국어 강사로 일하는 친구는 저녁 강의 전에 시간 낼 수 있다며 지하철로 한 시간이나 걸리는데도 오겠다고 했다. 나를 보기 위한 이런 마음들을 어떻게 거절할 수 있을까? 희선 언니의 집으로 향하며 새삼 신기했다.

나는 결혼 후 6년 동안 한국인 친구가 거의 없었다. 내 주위에 한국인이 한 명도 없는 게 걱정이었던 에두아르와 시댁 식구들, 이웃들이 친구의 한국인 친구나 어쩌다 마주친 한국인을 내게 소개해준 적은 있지만 다들 너무 바빠서 연락을 거의 하지 못하고 지냈다. 그랬던 내게 이렇게 소중한 한국인 친구들이 왕창 생겼다. 모두 소미 언니 덕분이다.

소미 언니를 처음 만난 건 5년 전 파리의 한 서점에서였다. 한국 소설가의 북토크가 있는 날이었다. 나는 소설의 독자로, 언니는 소설의 번역가이자 북토크 통역가로 그 자리에 있었다. 북토크가 끝난 후 작가는 내 책 《사무치게 낯선 곳에서 너를 만났다》를 읽었다며 뒤풀이에 같이 가자고 했다. 소미 언니와의 인연은 그렇게 시작되었다.

언니는 6년 동안 한국인 친구 한 명 없이 지내고 있는 나의 외로움을 금방 알아본 것 같았다. 그날 이후 언니는 한국인이 모이는 장소에 무조건 나를 불러냈다. 에두아르는 내가 늦은 시간까지 한국인 친구들과 모임이 있는 날이면, 모임 장소 한 구석에서 책을 읽거나 모임이 끝나는 시간에 맞춰 밖에서 대기하다가 나와 함께 나오는 친구들까지 집에 데려다주곤 했다.

대부분의 프랑스인 남편들이 하지 않는 일이라 에두아르는 친구들에게 많은 점수를 땄다. 특히 문학을 사랑하는 소미 언니는 책벌레 에두아르를 무척 귀여워했다.

2년 전, 이혼하려고 했을 때 나는 누구보다 먼저 소미 언니에게 우리의 이혼 소식을 알렸다. 왠지 그러고 싶었다. 소식을 들은 언니는 바로 다음 날 전화해서 마음이 아파 잠을 설쳤다며 집으로 우리 부부를 초대했다. 그날 언니는 우리에게 그동안 살아온 이야기를 들려주었다.

언니는 1960년대 초 한국의 동쪽 바닷가 작은 마을에서 태어났다. 가난한 집안의 여섯 남매 중 둘째이자 맏딸이었던 언니는 초등학생 때부터 집안일을 도맡아 하며 하루에 몇 대 없는 버스를 타고 통학했다. 불우한 유년기를 보낸 것 같지만, 언니는 그 시절을 유쾌하게 기억한다. 여름 내내 친구들과 바다에서 수영을 하고 선탠과 모래찜질을 하며 놀았다. 겨울이면 친구들과 모여 '건빵 내기 민화투'를 치며 시간 가는 줄 모르고 지냈는데, 그 화투 놀이가 어찌나 재밌던지 중학교 진학을 포기하고 노름꾼으로 사는 것도 좋을 것 같다고 생각했다. 언니가 민화투 이야기를 꺼냈을 때 나는 중독성이 강하다는 나이롱뽕이나 도리짓고땡이 아니라 참 다행이다 싶기도 했다. 중학교에 진학한 언니는 타짜의 삶 대신 대도시에 있는 고등학교로 가서 대학 진학을 꿈꾸게 되었다. 사별한 이모부가 재혼해서 살고 있는 대구에서 일자리를 얻기까지 그 집에서 통학했는데 이모부의 부인을 언니는 '계이모'라고 불렀다. 이모 남편의 부인이니까 이모이긴 이모인데, 엄마의 친자매가 아니니 계이모라는 거다. 자다가 날벼락을 맞은 계이모는 어느 부잣집의 아이 돌보는 일을 구해왔다. 언니는 그 집으로 들어가 아이를 돌보며 야간고등학교에 다녔고 대학에도 진학했다.

어느 날 한국으로 출장 온 프랑스 남자를 만났고, 남자의 눈물겨운 구애로 프랑스 유학길에 오르게 되었다. 유학 생활을 헌신적으로 도왔던 남자는 알고 보니 유부남이었다. 언니와 결혼하기 위해 전처와 이혼하고 온 남자와 고민 끝에 결혼했고 육아와 박사학위 논문 쓰기를 병행하며 힘겹게 신혼생활을 시작했다. 몇 년 후 교육학 박사학위 취득에 성공했지만 전공을 살려 프랑스 강단에 서는 일은 쉽지 않았다. 언니는 대신 프랑스에 한국 문학을 알리는 번역가로서의 삶을 택했다.

서인도양에 있는 프랑스령 레위니옹으로 발령을 받은 남편은 3개월에 한 번 꼴로 집에 왔는데 남편에게 연인이 생겼다는 것을 알았을 때 의미 없는 결혼생활을 끝냈다. 언니는 현재 졸혼 상태로 남편과 오누이처럼 사이좋게 지낸다. 지난여름 언니는 남편과 그의 여자친구와 함께 포르투갈의 한 바닷가에서 휴가를 보냈다. 언니는 현재 자유로운 연애를 즐기며 프랑스에 한국 문학을 알리는 번역가로 왕성하게 활동하고 있다.*

언니의 이야기를 들으며 인생이 이렇게 멋있어도 되나 싶었다. 구구절절한 사연을 들으며 그렇게 유쾌하기는 처음이었다. 내가 이혼 소식을 제일 먼저 언니에게 알리고 싶었던 이유를 알았다. 언니는 내가 아는 어느 누구보다도 자유롭고 즐겁게 산다. 그런 언니라면 우리의 이혼을 이해해줄 거라고 생각했다. 언니의 사연을 듣고 난 후, 언니의 지나온 시간이 지금의 유쾌한 언니를 만들어주었다는 것을 알았다.

2년 전, 우리가 이혼하지 않기로 결론 내렸을 때, 언니는 그 누구보다도 기뻐했다. 그리고 2년이 지난 지금, 우리의 다정한 이혼을 누구보다도 쿨하게 받아들이고 이해하며, 우리 두 사람을 응원하는 사람은 바로 소미 언니다. '팔자 센' 소미 언니의 내공이자 능력이다.

'내가 살아온 이야기를 다 하려면 며칠 밤을 새워야 한다. 소

---

* 사연을 책에 쓸 수 있게 허락해준 소미 언니, 고맙습니다.

설로 쓰면 한 권으로는 부족하다'며 팔자타령을 하는 말을 부모나 윗세대로부터 수없이 들어왔다. 전쟁을 겪고 전후 가난을 고스란히 견뎠기에 진정한 배고픔을 아는 이들, 눈부신 경제 성장의 그늘에서 희생당한 노동자들과 민주화운동의 주역들, 역동했던 한국 사회 속 치열함이 아니라고 해도 부모를 일찍 여의었거나 섬세하지 못한 부모로부터 학대를 받았지만 그것이 학대인지도 몰랐던 사람들, 배우자가 무능하거나 사이비 종교에 미쳐 가출했거나 불륜을 저지르거나 세상을 떠나 고통받은 사람들, 놈팡이 자식을 두어 무당을 불러 굿판을 벌였거나 자식이 아프거나 앞서 보낸 속이 문드러진 사람들의 굴곡진 인생 이야기. 밋밋하지 않은 이야기들.

어릴 적 나는 이런 이야기가 신세 한탄으로 들려 지긋지긋했다. 지금의 나는 칭찬한다. 브라보!

그 구구절절한 경험을 통해 단단해진 그들이 부럽다.

우리는 기구한 사연으로 고생한 사람에게 '팔자가 세다'고 말한다. 팔자가 세려면 전제조건이 있다. 남들이 흔히 겪지 않는 경험을 해야 한다. 팔자가 센 사람들은 한 인간이 평균적으로 겪는 삶에 그들만의 특별한 경험을 더한 삶을 살았다. 경험은 철저히 개인적인 자산이다. 눈에 보이지 않지만 절대적으로 존재하는 자산. 그 누구도 훔칠 수 없고 잃어버릴 수 없는 자산이 경험이다. 자산이 많다는 것은 풍요로운 것이다. 그러니까 팔자가 세다는 것은 그만큼 풍요롭다는 것이다.

내가 팔자 센 사람을 부럽다고 말하는 이유는 단지 그들이 풍요롭기 때문만은 아니다. 그런 경험이 있기에 그들은 공감할 줄 안다. 경험이 많은 만큼 그들은 다른 사람들의 이야기를 더 잘 이해하고 가슴으로 공감한다. 우리가 문학 작품이나 영화, 드라마를 보며 주인공의 상황이나 마음에 공감할 때 재미를 느끼듯이, 우리는 누군가에게 공감할 때 가장 즐겁다. 팔자가 센 사람은 자신이 겪은 수많은 경험을 바탕으로 얼마나 더 많은 사연에 공감하며 재미있을까? 공감은 카타르시스를 뛰어넘는 '쾌감'이다.

얼마 전 한 독자가 내게 부탁했다. '그동안 겪은 산전수전을 더 깊이 있는 글로 써달라'는 것이었다. 분명 내 글이 내 경험에 비해 가볍다는 충고이자, 내가 작가로서 더 발전하기를 바라는 독자의 애정이었을 것이다. 나는 고개를 갸웃했다. 과연 나는 산전수전을 다 겪었는가? 책에 풀어놓은 나의 경험이 독자의 눈에 산전수전으로 비쳤다면 내가 너무 오만하게 글을 쓴 것은 아닐까? 뜨끔했다.

나는 곧 이혼한다. 사연이 하나 더, 경험이 하나 더 느는 셈이다. 조금씩 팔자가 세지고 있다. 엄마가 들으면 기가 찰 노릇

이겠지만 팔자가 세지고 있어 신난다. 누군가와 공감할 거리가 하나 더 늘어나는 만큼 나는 더 재미있게 살 수 있을 것 같아 신난다.

흔적 남기기

해마다 봄이 오면 도쿄가 그립다. 봄바람에 흩날리던 연분홍
색 벚꽃의 찬란함을 잊을 수 없다. 바람을 맞으며 고개를 들면
벚꽃 잎 저편에서 반짝이던 코발트색 하늘과 눈부시게 빛나던
봄날의 햇살, 그 밑에서 마시던 '오이오차'.* 아리고 시리도록
그립다.

테라스가 있는 이탈리안 레스토랑 앞을 지나다 걸음을 멈췄
다. 해질녘 공기를 타고 코끝을 스치는 바질과 오레가노가 섞
인 향이란! 배가 불러 가슴까지 꽉 차오르는 느낌이다. 눈꼬리
는 내려가고 입꼬리는 올라간다. 머릿속은 온통 뜨거운 지중해

---

* 일본의 음료회사 이토엔(伊藤園)에서 만드는 녹차.

의 올리브색 햇살로 채워진다. 가슴이 뻐근해 깊이 숨을 들이쉬고 내뱉는다. 아, 그리운 이탈리아…, 나의 로마.

장대비가 내리던 어느 여름날, 나는 산피에트로 광장 앞을 친구 치에코와 가로질러 뛰었다. 그 순간 스무 살 무렵 서울 명동에서 친구 영지와 함께 장대비를 맞으며 마셨던 세븐업이 마시고 싶었다. 칠성사이다가 아닌 반드시 '세븐업'이어야 했다.

"雨の降る夏の日はセブンアップじゃないと駄目な時があった。あの時は本当に優しかった。"

(비 오는 여름날은 세븐업이 아니면 안 될 때가 있었어. 그 시절은 정말 다정했어.)

"何でセブンアップなの?"

(왜 세븐업이야?)

"セブンアップの方がきっと他のより恰好いいと思ってた。"

(세븐업이 다른 것보다 멋있다고 생각했어.)

장대비가 내리는 날이면 치에코와 함께 뛰었던 바티칸의 산피에트로 광장이 그립다.

"ジュヨンの文章は優しい。大好き!"

(주영의 말은 다정해. 너무 좋아!)

아이처럼 웃던 치에코의 얼굴….

내 안의 냄새들, 내 안의 공기들, 내 안의 햇살들, 내 안의 색

깔들…. 일정 시간 나와 함께했던 감각이 불러오는 그리움. 나는 이토록 사무치는 그리움을 사랑한다. 볼 수 없어서, 만질 수 없어서, 느낄 수 없어서, 그리울 때마다 그리움을 타고 시공간을 이동해, 그 안에서 나는 행복하다.

지난 크리스마스는 로마의 동생 집에서 보냈다. 에두아르는 프랑스에 홀로 남았다. 같이 가자고 했지만 머뭇거렸다.

"다음에 갈게. 시간이 조금 더 지난 후에…. 지금 우리 둘이 같이 가면 자영이와 파우스토의 크리스마스가 우울해질 것 같아."

혼자 크리스마스를 보낼 에두아르가 신경 쓰이기는 했지만 그의 말이 맞는 것 같기도 하고, 에두아르도 슬슬 혼자 있는 연습을 해야 하지 않겠나 싶었다.

크리스마스이브.

피렌체에 살고 있는 동갑내기 친구 진희와 태화 부부도 동생 집으로 왔다. 내 절친이자 내 사랑, 미니핀 혼혈 똥견 '냐쁘'는 집 안 가득한 음식 냄새에 오랜만에 영리한 눈초리를 해서는 좌우를 살피느라 정신없고, 테너이자 소믈리에인 태화는 트렁크 한가득 싣고 온 와인과 스푸만테*를 집 안으로 옮기고, 피

아니스트인 진희는 음악을 고르고, 파우스토와 자영이와 나는 성탄 전야 저녁상을 차리느라 북적였다. 오랜만에 명절 기분이 났다.

태화는 해산물 가득한 이탈리아의 크리스마스이브 안티파스토**를 고려해 화이트와인부터 잔에 채우며 말했다.

"주영아, 기억나? 이거 우리 프랑스 여행 갔을 때, 너희 부부랑 같이 갔던 에노테카***에서 산 거야."

"그걸 아직도 안 마시고 있었어?"

"특별한 날 다 같이 모여서 마시려고 아껴뒀지. 에두아르가 없어서 아쉽네."

나는 얼른 와인 라벨 사진을 찍어서 에두아르에게 보낸 후, 통화 버튼을 눌렀다. 에두아르는 다행히 사촌동생 이렌과 함께 있었다. 에두아르는 내가 보낸 사진 속 와인을 떠올리며 좋아했다. 옆에 있던 모두와 크리스마스 인사를 하고 통화를 마쳤다.

우리는 잔을 들어 부딪친 후, 프랑스산 화이트와인을 한 모

*   이탈리아의 스파클링 와인. 한국에서는 샴페인이라고 부르기도 하는데, 유럽에서는 프랑스 샹파뉴 지역에서 생산되는 스파클링 와인만 샴페인이라고 부른다.
**   이탈리아의 전채요리에 해당하는 식사 코스.
***   와인을 전시하고 판매할 수 있는 장소를 이탈리아에서는 에노테카(Enoteca)라고 부른다. 프랑스에서는 카브(Cave)라고 한다.

금 마셨다. 캬, 맛있다!

"역시 화이트는 프랑스산이지!"

내 말이 떨어지기가 무섭게 다들 입가에 미소를 띤 채 나를 노려봤다.

"주영이 프랑스 사람 다 됐네. 말조심해. 여기 이탈리아야."

진희가 말했다. 이탈리아 사람인 제부 파우스토, 이탈리아가 제2의 고향인 태화, 진희, 자영 모두 큰 소리로 웃었다. 이탈리아에도 좋은 와인이 많은데, 세계적으로 프랑스 와인이 더 유명하고 인기가 많아 이탈리아인들이 속상해하는 것을 나는 잘 알고 있다. 그래도 나는 솔직하게 말했다.

"밉상을 떨어 미안하지만, 객관적으로 화이트와인은 프랑스산이 최고지 않냐? 한국 돌아가면 프랑스 화이트와인이 정말 그리울 것 같아."

아무 생각 없이 한 말인데, 자영이가 조금 굳은 표정으로 물었다. 자영이는 프랑스에 있는 동안 내가 무기력하고 우울했던 것을 잘 알고 있다.

"한국 가면 프랑스가 그리울 거 같아?"

"당연하지! 30년 전에 5년 동안 살았던 도쿄도 봄만 되면 그립고, 바질 냄새만 맡아도 겨우 5년 동안 살았던 로마가 그리운데, 12년이나 살았던 프랑스가 어떻게 그립지 않겠어?"

너무 당연한 거라 아무 생각 없이 말했는데 자영이는 걱정스러운 표정을 지으며 고개를 끄덕였다. 늘 한국을 그리워하는 자영이에게 그리움은 외로움과 같은 말이기 때문이었을 것이다. 언니가 외로울까 봐 걱정되는 것이겠지. 동생의 마음을 충분히 이해한다. 내게도 그리움이 외로움을 동반하던 때가 있었으니까.

　　이틀 후, 에두아르가 밤늦게 전화를 해서 징징댔다.

　　"방금 로마행 비행기 표를 알아봤는데 다 매진이야. 아니, 1월 2일 표가 있긴 있는데, 1200유로야. 그거라도 사서 갈까?"

　　크리스마스이브에 북적거리며 명절을 즐기는 우리가 부러웠는지, 혼자 크리스마스를 보낸 것이 힘들었는지, 연말연시는 로마에 와서 우리와 함께 보내고 싶은 모양이었다.

　　"1200유로? 나는 80유로 내고 왔는데, 대체 몇 배야? 오지 마! 겨우 2, 3일 있자고 1200유로는 아니야! 그러게, 같이 오자고 했을 때 내 말 들었으면 됐잖아? 내 말 안 듣고 네 멋대로 했다가 맨날 후회하지? 이제부터는 내가 시키는 대로 좀 하고 살아!"

　　"넹. 근데 이혼한 후에도 네 말 들어야 해?"

　　"당연하지! 내가 너를 나쁜 길로 인도하겠냐?"

이혼을 앞둔 부부가 할 대화는 아닌 것 같아 통화를 마치며 웃었지만 연말연시를 혼자 보낼 에두아르가 불쌍하면서도 내 말을 듣지 않은 그가 '붕신'처럼 느껴졌다. 이혼 후에도 정말 그를 계속 챙겨야 하는 건 아닌가 싶었다. 아마도 그럴 가능성이 많을 것 같다. 그런데도 별로 귀찮을 것 같지 않아 이상하다.

나는 며칠 더 이탈리아에 머무르며 동생 부부와 움브리아 지방을 여행했다. 파리로 돌아오는 날은 마침 이탈리아의 중요한 공휴일인 주현절*이라 석탄 모양 사탕 두 개를 샀다. 하나는 냐뽀에게 주고 나머지 하나는 에두아르에게 줄 생각으로 짐가방에 넣었다. 이탈리아에서는 주현절 당일 부모들이 지난 1년간 착하게 행동한 아이에겐 맛있는 과자를, 말 안 듣고 말썽을 피운 아이에겐 석탄을 주는 전통이 있다. 최근엔 말썽쟁이에게 석탄 대신 석탄 모양의 사탕을 준다.

출국장 게이트 앞에서 공항까지 배웅 나온 내 사랑 냐뽀를 꼭 껴안았다. 녀석은 석탄 사탕이 마음에 들지 않았는지 내 품에서 버둥거리며 꼼지락댔다.

* 1월 6일, 가톨릭에서 지키는 축절로 이탈리아에서는 에피파니아(Epifania)라고 한다. 그리스도가 하느님의 아들로서 세상 사람들 앞에 나타났던 당일, 즉 예수가 제30회 탄생일에 세례를 받고 하느님의 아들로 공증(公證)받은 날을 기념하는 축절이다. 이탈리아에서는 이날 크리스마스 장식으로 사용했던 모든 물건들을 치운다.

집에 도착해서 파우스토가 에두아르에게 보낸 선물 몇 개와 함께 석탄 사탕을 내밀었다. 석탄 사탕을 받아 든 에두아르는 나를 째려보며 한입 먹었다.

"아, 정말 맛없군!"

"그냥 장난으로 산 거야. 먹지 말고 버려."

"싫어, 안 버릴 거야. 계속 놔둘 거야! 너 저녁 안 먹었지? 내가 당근 1킬로그램 삶아놨어."

나는 삶은 당근 10그램을 먹고 잠자리에 들었다. 다음 날 아침에는 여행 가방을 정리했다. 로마 레오나르도 다빈치 공항에서 입었던 하얀 스웨터에 짧고 새카만 털이 잔뜩 묻어 있었다. 냐뽀의 흔적이었다. 냐뽀가 내 품에서 다시 꼼지락대는 듯한 느낌이 들었다. 냐뽀가 그리웠다. 그 그리움 안에는 딱 추파춥스 막대사탕만 한 발과 다리로 내 품에서 온몸을 흔들어대는 냐뽀가 있었다. 나도 모르게 미소가 지어졌다.

한국행 비행기 표를 예약한 후 조금씩 짐을 정리하기 시작했다. 출국 전 한국으로 보낼 짐들을 큰 상자에 테마별로 하루에 하나씩 쌌다. 한 상자가 20킬로그램을 넘으면 안 되기 때문에 상자가 여러 개다. 짐을 싸는 데 며칠이 걸렸다. 에두아르가 집에 없는 틈을 타서 짐을 싸느라 시간이 더 많이 걸렸다. 그에게 짐 싸는 모습을 보여주고 싶지 않았다.

그림 도구를 넣을 상자에 유화 물감과 수채화 물감, 붓 등을 넣었다. 비행기에 실으면 쉽게 굳는 아크릴 물감은 아틀리에 친구들에게 나눠주었다. 친구들은 나를 기억하기 위해 내가 준 아크릴 물감을 사용하지 않고 아틀리에 사물함에 넣어놓겠다고 했다. 언제든 내가 프랑스에 오면 아틀리에에 와서 그림을 그릴 수 있도록. 상자에 공간이 많이 남아 전시회 때 팔리지 않은 그림들을 넣으려다 그만두었다. 에두아르가 우겨서 비싼 가격으로 전시했다가 팔리지 않은 그림들인데, 대부분 그가 마음에 들어하는 것들이다. 그림 그릴 때 입으라고 아빠가 한국에서 사다 준 흰색 가운은 짐 상자가 아닌 세탁물 바구니에 넣었다. 에두아르는 내가 그 가운을 입고 있을 때 무척 좋아했다.

책은 너무 무거워서 일부만 한국에 보낼 생각이다. 남은 책 중 일부는 책장에 그대로 두고 일부는 작은 상자 여러 개에 나눠 담아 매직으로 '주영 책들'이라고 써서 창고에 두었다. 다음에 내가 프랑스에 오거나 에두아르가 한국에 올 때 조금씩 나르면 된다. 짐을 싸기 시작해 열흘 정도 지난 날, 국제운송회사 직원들이 와서 포장해놓은 상자들을 가지고 갔다. 짐들은 나보다 먼저 한국에 도착할 것이다. 한 차 가득 짐을 실어 보낸 후, 집 안을 살펴봤다. 휑해 보이지 않았다. 내 옷방과 신발장, 책장을 빼면 달라진 곳이 없어 보였다. 될 수 있으면 나의 흔적을 집 안 곳곳에 남겨두려고 한 나의 의도적 짐 싸기가 성공적으로 끝났다.

2년 전 이혼하려 했을 때 나와 관련된 모든 흔적을 지우고 집을 떠나려 했다. 그렇게 하는 것이 에두아르를 위한 일이라고 생각했다. 내가 없는 새로운 삶을 시작하게 될 에두아르에게 나의 흔적은 아무런 도움이 되지 않을 거라고 생각했다. 책장을 정리하던 날, 구석에서 《7막 7장》이라는 책을 발견하고 깜짝 놀랐다. '어떻게 이 책이 프랑스까지 와 있지?'

《7막 7장》은 일본에서 공부할 때, 내 첫사랑의 절친이었던 성진이가 일본으로 보내준 책이다. 첫 장에 성진이가 나를 위해 남긴 메모를 읽으며, 성진이 소식이 너무 궁금했다. 첫사랑이 끝난 후 성진이를 만난 적이 없다. 나는 내 첫사랑의 친구들과도 사이좋게 지냈었다. 노래 부르는 걸 좋아했던 필용이, 집단 노동 체험을 하러 키부츠로 떠났던 진지한 민우. 정말 오랫동안 단 한 번도 떠올리지 않았던 친구들 모두가 너무 그리웠다. 머릿속은 열아홉 살의 나, 그리고 그들과 함께했던 장소와 시간들로 채워졌다. 입꼬리가 올라갔다. 행복했다. 자연스럽게 첫사랑의 얼굴도 떠올랐다. 이상하게도 얼굴만 떠올랐다. 아무런 감흥이 없었다. 첫사랑을 떠올리는 내가 어색했다. 그와 헤어진 후, 그를 내 머리와 가슴속에서 완전히 지워버렸기 때문이다. 두 번째 남자친구를 그렇게 했듯이 나는 내가 가장 사랑했던 첫사랑을 완벽하게 지웠다.

나는 그가 그립지 않다. 전혀.

나는 그 소중한 기억을 모조리 잃어버렸다. 다시는 그러지 말아야지 마음먹는다. 그리움은 소중한 것이다. 그리움이 불러오는 기억 속에서 내가 얼마나 행복한지 왜 그때는 몰랐을까?

에두아르는 기억과 추억을 소중히 여기는 사람이다. 그가 나를 그리워할 수 있게 하는 것이 그를 위한 것일지도 모른다. 내가 그리울 때마다 행복해지기를 바라며 내 흔적을 많이 남기기로 했다.

운송회사에서 짐을 실어간 그날 저녁, 퇴근한 에두아르가 물었다.

"오늘 운송회사 안 왔다 갔어?"

"왔다 갔어."

"그래? 여기 네 그림들 그대로 있는데? 한국 안 가지고 갈 거야?"

"여기 놔둘 테니까, 재주껏 팔아봐. 판 돈으로 다음에 한국

올 때 비행기 값에 보태 써. 창고에 내 책 상자 몇 개 있으니까 관리 잘하고. 그림 그릴 때 입는 가운도 세탁통에 넣어놨으니까 빨아서 내 생각 하면서 잘 다려놓고."

에두아르는 피식 웃으며 알았다고 했다.

"아, 참! 결혼반지 말인데, 우리 서로 교환하자. 내 반지는 네가 가져. 네 반지는 내가 가져갈게."

"내 반지가 훨씬 굵어서 금이 훨씬 더 많이 들어갔는데!"

"왜? 팔아먹게? 어차피 팔지도 않을 건데 반지 굵기가 뭔 상관이야?"

에두아르는 내 결혼반지를 자기 새끼손가락에 끼워보더니, 큰 소리로 웃으며 억울한 듯 말했다.

"이런! 새끼손가락에도 안 들어가네."

머리로 한 결혼, 가슴으로 한 이혼

2023년 6월 13일 프랑스 시간으로 오전 10시 30분경, 변호사로부터 메일을 받았다.

'오늘 귀하의 모든 서류가 판사에게 전달되었으며 이혼 심사 청문회가 열렸습니다. 이혼 판결은 9월 18일에 선고될 것입니다. 받는 즉시 알려드리겠습니다.'

이 말은, 이 글을 쓰고 있는 지금은 아직 우리가 법적으로 부부라는 이야기다. 나는 법적으로 이혼이 성립되기 전에 한국으로 돌아왔다. 이혼 후 프랑스에 남을 마음이 없었고, 내가 프랑스에서 해야 할 일을 마쳤기 때문이다.

이혼을 위해 내가 해야 할 일은 변호사를 찾고 그 변호사가 단계적으로 요구하는 서류를 제공하는 일이었다.* 모든 절차는 변호사가 알아서 한다. 내가 프랑스에 남아 마지막으로 해야 했던 일은 에두아르의 변호사와 나의 변호사, 에두아르와 내가 한자리에 모여 합의이혼과 관계된 모든 서류에 에두아르와 내가 직접 사인을 하는 것이었다. 사인을 마친 후 쌍방의 변호사가 번갈아 이야기했다.

"두 분은 오늘 사인을 하셨지만 아직 법적으로는 이혼이 성립되지 않은 관계입니다. 다시 말해 두 분의 혼인이 유지되고 있는 상태이므로 만약 두 분이 제3자와 혼인을 생각하고 있다면 당분간은 불가능합니다."

나는 당분간 혼인할 생각이 없어 전혀 문제가 되지 않지만 혹시 에두아르에게 그 당분간이 지루한 당분간이 되어 문제가 되기라도 하면 살짝 열 받을지도 모르겠다고 생각했다.

"오늘 두 분이 사인한 모든 서류는 판사에게 제출될 것이며 이 시간부로 합의이혼 소송은 취하할 수 없습니다. 만약 두 분이 재결합을 생각하고 있다고 해도 판사의 이혼 판결을 받은 후, 즉 법적으로 이혼이 성립된 이후 다시 혼인할 수 있습니다."

나는 법적으로 이혼이 성립된 후 다시 재결합할 생각이 전혀

---

* 서류 준비를 도와주신 프랑스 주재 대한민국 대사관의 직원분들께 이 자리를 빌려 감사 인사를 드립니다. 정말 따뜻하고 세심하셨습니다. 진심으로 고맙습니다.

없지만, 만약 에두아르도 나와 같은 생각을 하고 있다면 살짝 성질이 날지도 모른다는 생각을 했다. 나는 심보가 좀 고약한 것 같다.

"마담은 오늘부로 언제든 원할 때 고국으로 돌아가셔도 됩니다. 남은 절차는 모두 저희 변호사가 처리합니다."

경찰이나 검찰이 용의자를 체포하기 전에 당신은 묵비권을 행사할 수 있고 어쩌고 하는 '미란다 원칙'을 고지해야 하듯이, 이혼 소송 변호사도 이런 말을 해야 하는 의무가 있나 생각하면서도 이혼과 동시에 혼인에 대해 고지하는 것이 재밌기도 하고, 누군가에게는 염장 지르는 말이 될 수도 있을 것 같아 웃기기도 했다.

프랑스는 몇 해 전부터 이혼 절차가 많이 간소해졌다. 프랑스인들 간의 합의이혼이라면 법원을 거치지 않아도 된다. 부부 쌍방이 각자 변호사를 섭외하고 네 사람이 대면한 자리에서 사인을 마친 후, 그 사인을 공증인을 통해 공증받음과 동시에 이혼이 성립한다. 하지만 나처럼 프랑스 영주권자이지만 한국 국적자로 한국에도 혼인신고가 되어 있는 국제결혼의 경우, 프랑스 공증인의 공증이 한국에서는 법적 효력이 없기 때문에 부부의 거주지인 프랑스의 법원 판사가 이혼을 판결 선고해야만 이혼이 성립된다.

　변호사에게 메일을 받은 날 밤, 에두아르에게서 왓츠앱 문자가 도착했다.

　'오늘 우리 이혼 심사 청문회가 열렸어.'

　'알아, 변호사한테 연락받았어.'

　'우리가 잘한 거겠지…. 그런데 슬프다….'

　'솔직히, 나는 우리가 이혼한 게 잘한 건지 잘 모르겠어…. 하지만 슬프지 않아.'

　메시지를 주고받다가 그냥 통화 버튼을 눌렀다. 에두아르가 슬퍼하는 게 마음에 걸렸다. 너무 자주 통화를 해서 그날 내가 에두아르에게 무슨 말을 했는지 잘 기억나지 않지만, 우리는 이제 부부는 아니지만 좋은 친구로 지낼 것이니 슬퍼하지 말라고 했던 것 같다. 나는 진심으로 '너의 베스트 프렌드'가 되어줄 거라고 말했던 건 정확하게 기억난다. 에두아르는 내 말을 반신반의하는 것 같았지만, 그가 내 말을 믿든 말든 상관없다. 나는 그렇게 할 거니까.

　에두아르를 달래고 전화를 끊은 후, 생각이 조금 복잡해졌다. 에두아르는 우리의 결정이 잘한 것이라 생각하면서도 왜 슬픈 것일까?

나는 사실 이혼 결정이 잘한 것인지 잘 모르겠다. 그런데 왜 전혀 슬프지 않은 것일까?

　에두아르는 머리로 이혼을 했고, 나는 가슴으로 이혼했기 때문이 아닐까?

　결정은 머리로 하는 것이고, 슬픔은 가슴으로 하는 것이니까.

　에두아르는 이성적으로 이혼이 우리 둘을 위해 더 나은 결정이라고 판단했지만 감성적으로는 제대로 받아들이지 못하고 있는 것 같다. 이제껏 내가 봐온 에두아르는 그런 사람이다.

　오지랖도 넓고 눈곱만큼이라도 잘못된 점이 보이면 지적을 해야 성에 차는 그는 언제나 이성적으로 판단해 잘못된 것을 바로잡기 위해 비판을 하고 논쟁을 벌인다. 그리고 며칠 동안 자신의 행동이 지나치지 않았는지 후회한다. 본인에게 지적당한 사람들에게 미안해한다. 그러면서도 매번 그런 일을 반복한다. 어딜 가나 에두아르가 생각하기에 상식에서 벗어나는 행동을 하는 사람이 있었고, 그는 또 며칠을 두고두고 후회할 지적질을 해댔다. 나는 그와 같이 사는 동안 '대체 이 인간은 왜 이러고 사나?' 하고 정말 많이 고민했었다.

　이제야 알 것 같다. 그는 감성이 아닌 이성이, 가슴이 아닌 머리가 이기는 사람이었던 것이다. 머리가 내리는 결정에 따르는 사람인 것이다. 그러고는 뒤늦게 가슴에 상처가 생기는…. 그래서 옆에서 지켜보기 애처로운 사람이다.

나는 에두아르와 정반대 성향의 사람이다. 나는 길을 자주 잃어버린다. 길치 특유의 방향 감각이 없어서이기도 하지만, 머리가 시키는 대로 움직이지 않아서 길을 잃는 경우가 대부분이다.

전작《여행선언문》에서 브리앙송의 산속에서 혼자 길을 잃어 고생한 에피소드를 이야기했는데 그때만 해도 그렇다. 산 정상에 있는 산장에서 쉬다가 올라온 길로 되돌아갔다면 그런 역경을 겪지 않아도 되었을 것이다. 나는 그때도 분명히 머릿속으로 생각했다. '나는 지금 혼자다. 까딱하면 길을 잃을 수도 있다. 나는 길을 잃는 데 타고난 소질이 있으니 조심하자!'

그럼에도 나는 산장 뒤 풍경이 궁금했다. 잠깐만 보고 가도 되겠지 방심하며 산장 뒤를 살피다 완전히 길을 잃었다. 산속에서 나보다 덩치가 큰 야생동물을 만났고 아찔한 계곡을 건넜다. 주변에 아무도 없는 산은 공포스러웠고 내 목소리라도 듣기 위해 노래를 불렀다. 에두아르는 나를 찾기 위해 브리앙송 시청을 찾아가고 구조 헬기를 부르고 산악구조대를 파견하고 난리를 피웠다. 그 후로도 몇 번 호기심 때문에 산에서 길을 잃어 절벽을 기어 내려갔다 다시 기어 올라가는 등 다양한 종류의 고생을 자초했다. 대체 나라는 인간은 왜 이러고 사는가 싶지만 그런 행동을 멈추지 못했다. 나의 머리는 나의 가슴을 이기지 못했다. 나는 머리가 아닌 가슴으로 결정을 내리고 행동하는 사람인 것이다. 그래서 매번 길을 잃는 길치가 된 것 같다.

나는 평생 그렇게 살았다. 머리로 계산기를 두드려보고 아니다 싶으면 안 해야 하는데, 가슴은 머리가 시키는 것을 무시하고 전혀 다른 방향으로 나를 행동하게 만들었다. 생각해보면 나는 이탈리아에도 가지 않았어야 했다. 두 번째 사랑이 좋지 않게 끝난 후 열심히 사는 것에 대한 회의가 몰려왔을 때 친구들은 그 사람과 헤어진 것이 다행이라며 위로했다. 친구들이 보기에 그는 나보다 못한 사람이었다. 학벌, 집안, 수입, 그 모든 게 나보다 못한 사람이라 내 결혼 상대로 적절하지 않다는 것이었다. 맞다. 겉으로 보면 그랬다. 내 머리도 그것을 알고 있었다. 하지만 나는 성실하고 건전하고 책임감 있는 그 사람이 좋았다. 결혼하는데 집안 사정까지 따지고 싶지 않았고, 나는 오래전부터 학벌을 그리 중요하게 생각하지 않았다. 멍청하기 짝이 없는 명문대 출신 고학력자를 너무 많이 봤고, 영리하고 실력 있는 저학력자도 많이 봤기 때문이다. 중요한 것은 실력이지 학벌이 아니다. 수입이 나보다 적은 것도 상관없었다. 내 수입이 좋은데 남편 수입이 시원찮은 게 무슨 문제가 될까? 왜 남자가 여자를 먹여 살려야 한다는 구시대적인 발상을 버리지 못하는가? 잘난 척했지만 결국 그에게 실연당했다. 젠장. 많이 아팠고 슬펐다. 슬픔은 우울함으로 발전했고 회의감으로 이어지더니 만사가 귀찮아졌다. 이별 후 1년 동안 거의 아무것도 하지 않았다. 머리로는 빨리 다시 일을 시작해야 한다고 생각했지만 내 가슴은 움직이지 않았다. 30대 중반에 하던 일을 다 집어치우고 그동안 벌어놓은 돈을 몽땅 싸들고 학구열도 없는 유학길에 오르는 것이 미친 짓이라는 것을 내 머리는 잘 알고 있었다. 하지만 내 가슴은 그 미친 짓을 행동으로 옮겼다.

속사정을 모르는 사람들은 나의 이런 행동을 용기라고 말하지만, 그건 용기가 아니라 지친 사람에게 나타나는 증상 중 하나인 자신의 삶에 대한 '방관'이었다. 자신을 놓아버리고 싶은 지친 마음이었다.

이탈리아로 간 첫해, 언어학교에서 에두아르를 만났다. 나는 지적이지만 모자란 구석이 많은 사람에게 매력을 느낀다. 다만 우연히 알게 된 그의 학벌과 집안이 마음에 걸렸다. 그의 학벌은 좋아도 너무 좋았고 집안 또한 마찬가지였다. 부담스러웠다. 이런 사람과 같이 살면 주눅 들 것 같아서 싫었다. 선을 확실히 그어야 한다고 마음먹었지만, 결국 그와 결혼했다.

로마대학에서 몇 년을 보내며 실연의 상처는 완전히 치유되었다. 이제 한국에 돌아가야 할 시간이 되었다고 하루도 빠짐 없이 머리가 말했고 그런 만큼 마음은 불안했다. 어느새 나는 마흔 살이 넘었고 벌어놓은 돈도 거의 다 쓰고 없었다. 로마대학에서 열심히 공부하지 않아 새롭게 늘려놓은 실력도 없었고, 내가 하던 일은 경력이 단절되어 한국에 돌아가서 다시 할 수 있을지 불투명했다. 하루하루가 가시방석에 앉아 있는 것 같았다. 나는 그렇게 스스로를 로마에도 한국에도 '방치'할 수 없었다. 이런 때 내가 좋다며 따라다니는 사람, 나도 싫지 않은 사람, 내가 좋아하는 유형의 사람과 결혼해서 프랑스 상류사회에 속해 사는 것도 나쁘지 않을 거라고, 나의 머리는 말했다. 아마도 내가 처음으로 머리가 시키는 대로 행동한 것이 결혼이었는지도 모른다.

결혼 후 나는 무기력했다. 프랑스어를 전혀 몰랐기에 2년간 매일 바보처럼 살아야 했다. 프랑스 상류사회의 검소함과 사치를 동시에 배워야 했다. 시댁 식구들은 30년 전에 산 낡고 구멍난 스웨터는 버리지 않고 입지만, 전시회나 공연을 보기 위해 이웃 나라 스위스나 이탈리아, 독일까지 가는 돈도, 공연에 입고 갈 이브닝드레스를 사는 돈도 아끼지 않는다.

가든파티를 자주 즐기며 파티에 현악 4중주나 성악가를 부르기도 한다. 큰 파티에는 정원에 무대를 만들어 피아노 독주

회나 현대무용 퍼포먼스 등을 기획하기도 한다. 파티에 제공되는 음식은 당연히 셰프가 직접 와서 만들고 서빙은 메이드가 한다. 나는 이런 모든 파티를 기획하는 일에서도 면제를 받았다. 나는 프랑스에 온 지 얼마 되지 않은 외국인이고, 어린 막내 며느리라서 시어머니와 동서들이 다 알아서 해주었다. 고마웠다. 하지만 내가 할 수 있는 일이 아무것도 없다는 생각을 지울 수가 없었다.

외부 손님들을 초대하는 큰 가든파티가 있는 날에는 노블레스 오블리주에 어긋나는 고가의 명품 옷이나 신발이 아닌 적당히 가격이 나가는 품위 있는 드레스와 그에 걸맞은 신발을 신고, 일본어와 이탈리아어에 능통하고 그림을 그리고 글을 쓰는 이 집안의 막내며느리로, 18세기부터 대물림한 팔걸이의자에 앉아 샴페인을 마시는 역할만 하면 되었다. 그 안에는 내가 없었다. 껍데기만 있었다.

나는 결혼할 때 혼수용품을 아무것도 준비하지 않았지만, 그 누구도 뒷말 한 번 하지 않았다. 어차피 결혼생활을 하는 데 필요한 것들은 에두아르가 이미 다 가지고 있어서 혼수용품 따위 필요도 없었다. 에두아르는 내가 음식을 하거나 집 안 청소를 하는 데 시간을 쓰는 것을 싫어했다. 그에게 집안일은 시간을 버리는 일이었다. 다시 말해 내가 알게 모르게 하는 작은 집안일은 다 쓸데없는 짓이었다. 에두아르는 내가 가구의 위치를 바꾸어놓아도 두세 달이 지나서야 알아차렸다. 그는 책의 위치가 바뀐 것 이외에는 내가 말하기 전에 알아차리는 법이 거의 없었다. 그는 내가 맛있는 저녁을 준비해놓고 예쁜 옷을 입고 그를 기다리고 있는 것보다, 저녁은커녕 그림을 그리느라 집 안을 엉망으로 만들어놓고, 물감이 잔뜩 묻은 지저분한 가운을 입은 채 맞이하는 것을 훨씬 더 좋아했다. 참 특이한 취향이다. 어쩌면 그의 취향이 이래서 나와 결혼했는지도 모르겠다.

에두아르는 아주 사소한 불의도 참지 않고 지적을 하는데, 그 방식이 밉살맞아 동네는 물론 해외 어디에서나 싸움이 잦다. 덕분에 나는 동네에서 뻑하면 지랄하는 쌈닭의 가엾은 부인으로 유명인사가 되었다. 그는 인용문 활용이나 상황을 극대화해서 억지스러운 예를 들어 지적한다. 듣고 있자면 지적이라기보다는 연설문 낭독에 가깝다. 안타까운 것은 그의 행동이 사람들의 눈에 그저 지랄하는 것으로 보이기 쉽다는 것이다. 나는 마치 에두아르가 하루가 멀다 하고 잃어버리는 물건들을 찾아내고, 에두아르가 이곳저곳을 쑤시고 다니며 벌이는 싸움을 뜯어말리기 위해 이곳에 있는 것은 아닐까 하고 생각한 적도 있다.

나의 결혼생활은 이랬다. 이런 삶이 누군가의 눈에는 좋아 보일 수도 있지만, 나는 그 누군가가 아니다. 나는 나인데, 결혼생활 속에는 내가 없는 것 같았다. 내 결혼생활은 나 없이도 돌아가는 추상적이고 공허한 것이었다. 점점 더 무기력해졌다. 나는 나를 '방치'하지 말라는 머리의 명령으로 결혼했지만 내 가슴은 '방관'이라는 형태로 일상을 채워나가는 것 같았다.

그런 나를 에두아르는 11년간 지켜봤다. 그는 엄청난 덜렁이면서도 상당히 예민한 사람이다. 무엇보다 대단한 지적 능력을 지녔다. 그가 나의 상태를 알아보지 못할 리 없다. 괴로웠을 것이다. 무기력한 사람과 산다는 것은 정말 힘든 일이다.

나는 결혼을 머리로 했고, 에두아르는 가슴으로 했다. 우리 둘 다 타고난 성향과 정반대로 한 행동이었다. 각자 본성을 거스른 결정으로 11년간 같이 살았다. 온갖 에피소드가 벌어졌다. 그 시간들을 통과하면서 결국 에두아르는 머리로, 나는 가슴으로 이혼을 결정했다. 이번엔 우리가 생겨먹은 대로 행동했다.

이혼하지 않는 것이 나의 미래가 훨씬 안정되고, 이혼하지 않는 한 남편의 출신 덕분에 계속해서 사람들에게 대우받을 수 있다는 것을 내 머리는 잘 알고 있었다. 하지만 내 머리는 나의 가슴을 이기지 못했다.

나는 가슴으로 또 일을 저질렀으니, 앞으로 무슨 역경을 겪어야 할지 모른다. 하지만 머리가 시키는 대로 해봤자 별 볼 일 없지 않았던가 생각하며 안도한다. 그냥 내 본성대로 사는 것이 적어도 마음 편하다는 것을 이제는 안다.

나는 늘 낯선 외국의 도시가 편했다.
절대 길을 잃을 염려가 없기 때문이다.
어차피 아는 길이 없으니 길을 잃을 일도 없다.
그래서 편하고 안도감이 들었다.
내가 아무리 길치라고 해도, 지금 이 글을 쓰고 있는 곳은
집이다.
나는 집으로 오는 길을 어떻게든 찾아냈다.
과연 나는 내 삶의 길을 제대로 찾아왔는가?
제대로 걷고 있는가?
이런 질문에서 어느 정도 자유로워졌다.

이혼은 잘못이 아니다

오래전 제부 파우스토한테 난센스 퀴즈를 내고 맞혀보라고
한 적이 있다. 코끼리를 냉장고에 넣는 방법에 관한 퀴즈였다.
파우스토는 한참 생각하더니, 말했다.

"설마 잘라서 넣는다, 뭐 그런 살벌한 건 아니지?"

정답은 '냉장고 문을 연다. 코끼리를 넣는다. 냉장고 문을 닫
는다'이다. 한때 유행했던 허무 개그다. 내가 답을 말하자마자
동생 자영이는 마구 웃었다. 파우스토는 황당해했다.

"그게 웃겨? 아니, 그게 왜 웃기지?"

며칠 후 파우스토의 회사 동료들과 같이 식사를 하게 되었
다. 파우스토는 동료들에게 그 퀴즈를 냈다. 아무도 못 맞혔다.
파우스토가 정답을 공개했다. 모두들 '뭐야?' 하는 표정이었다.

옆에 있던 나와 자영이는 또 웃었다.

"너희도 안 웃기지? 나도 하나도 안 웃기거든. 근데 얘네 좀 봐. 막 웃잖아? 정말 신기하지 않냐? 이런 이야기가 한국인한 테는 웃긴가 봐."

어쩌면 이 개그는 진짜 한국인한테만 통하는 건지도 모른다. 이탈리아에서 오래 산 내 동생도 웃었으니 말이다. 아니다. 내 일본인 친구 치에코도 웃은 걸로 봐서 아시아인들에게는 먹히 는 개그인 것 같다.

외국살이가 길어지면서 가끔 한국에 올 때면, 그때 파우스토 가 황당해하던 표정을 나도 자주 짓는다. 한국에 오면 정말 궁 금한 게 많다.

부러우면 왜 지는 건지? 부러움과 승패에 무슨 연관성이 있 는 것일까?

왜 나만 아니면 되는 건지? 물론 자신만 아니면 되는 사람들 도 있겠지만, 내가 궁금한 건 대체 이 말의 어디가 웃긴가 하는 것이다. 사람들이 '나만 아니면 돼!' 하고 막 웃는다. 이 얼음같 이 차가운 말이 왜 웃긴 걸까?

배우자가 다른 이성을 위해 깻잎을 떼어주는 것이 기분 나쁘 고 안 나쁘고가 왜 궁금한지. 대체 왜 모두들 이런 질문을 하는 건지. 나는 처음 이 질문을 받았을 때 너무 황당한 나머지 질문 자체를 이해하지 못해서, '내 남편은 젓가락질을 못해서 깻잎을 뗄 능력이 없는데…' 고민하다 웃음을 터뜨렸다. 에두아르가 깻잎을 떼려면, 젓가락질을 수만 번은 해야 할 거라는 생각이 들어서다.

또 부부 사이에 '방귀 트기'가 왜 궁금한지, 대체 '방귀 트기'라는 단어는 언제부터 나온 것이며 누가 만든 말인지도 궁금하다. 너무 많이 들은 질문이라 여기서 밝히자면 프랑스에서 부부 간에 방귀를 트는지 어떤지 나는 모른다. 이런 화제는 얘깃거리가 되지 않아 물어본 적도 질문을 받아본 적도 없다. 참고로 나와 에두아르는 트지 않았다.

부러우면 지고, 나만 아니면 되고, 깻잎 때문에 기분이 상하고 안 상하고 등등의 문제는 그 문화 속에 살지 않으면 결코 이해할 수 없는 것이다.

얼마 전 나는 한국으로 돌아왔다. 이번에는 정말 진지하게 궁금한 게 생겼다.

'이혼한 사람은 결혼식에 가면 안 되는가?'

이건 정말 내가 앞으로 살아가야 할 한국의 관습과 관련된 문제라서 반드시 알아야 하는 것이지만, 물어보기에는 조금 껄

끄럽다. 이혼한 내가 이런 질문을 하면 상대방이 대답하기 난처할 수도 있기 때문이다. 예전에 초상집을 다녀온 사람은 며칠 내에 결혼식에 가서는 안 된다는 말을 들어서 친구의 결혼식에 못 간 기억이 있는데, 혹시 이혼한 사람도 그런 비슷한 이유로 결혼식에 가면 안 되는 것인가? 내 잘생긴 친구 '그'의 결혼식에 갈 수 있었던 것은 내가 실제로 이혼녀가 아닌 가짜 이혼녀였고, 나를 이혼녀라고 생각하고 있는 사람은 잘생긴 '그'의 신부밖에 없었기 때문에 가능한 것이었나?

며칠 전 사촌언니와 형부가 집에 다녀갔다. 오랫동안 한국을 떠나 있었던 나는 친지들의 경조사에 거의 참석하지 못했다. 사촌언니의 아들 결혼식이 지난겨울에 있었지만 나는 프랑스에 있어서 축의금만 보냈다. 언니가 휴대폰으로 결혼식 사진을 보여줬다. 신랑 신부는 물론이고 한동안 만나지 못한 친인척들을 보면서 "어머! 그 꼬맹이가 이젠 청년이 되었네!", "큰이모는 왜 이렇게 살이 빠졌지?" 하며 결혼식 가족사진 속 인물들을 한 명 한 명 맞혀 나갔다. 내가 얼굴을 못 알아보는 사람은 몇 명 되지 않았다.

"형부 쪽 가족은 왜 이렇게 없어? 형부의 형 얼굴은 기억하는데 안 보이네?"

"그날 안 왔어. 이혼했거든."

나는 아무 생각 없이 바로 물었다.

"왜? 이혼한 사람은 결혼식 가면 안 돼?"

순간적으로 언니와 형부의 얼굴에 당황스러운 기색이 역력했다. 언니는 '아차, 실수했구나!' 하는 표정으로 어쩔 줄 몰라 하며 얼버무렸다.

"아니, 요즘 그 양반 아무 데도 안 다녀."

나도 '아차' 싶었다. 참, 나 이혼했지. 내가 물어서는 안 되는 것을 물었구나. 순식간에 분위기가 어색해졌다. 나는 정말 이혼하면 결혼식에 가선 안 되는 건지 알고 싶고, 또 알아야 하지만 더 이상 집요하게 물을 수 없었다. 어색한 분위기를 수습하기 위해 화제를 돌렸다.

언니와 형부는 저녁을 먹고 돌아갔다. 언니의 뒷모습을 보면서 자신이 말실수를 했다고 여기며 자책하지 않기를 바랐다. 언니는 실수한 게 아니라 스스로가 실수했다고 생각한 것뿐이다.

이혼은 잘못이 아니다. 이혼한 나는 잘못을 저지른 것이 아니다. 언니는 당연히 아무런 잘못도 하지 않았다. 누구의 잘못도 아닌데, 우리는 서로 잘못했다 생각하며 어색해했다. 앞으로는 이런 어색함이 없었으면 좋겠지만 내가 한국에 사는 이상 앞으로도 계속 어색한 분위기와 맞닥뜨려야 할 것 같다.

한국 사회에서 이혼은 이제 흔한 일이다. 내 가족과 친구 중에도 이혼한 사람이 있다. 이 말은 나는 이혼한 사람이자 이혼한 사람의 친지이기도 하다는 것이다. 그렇다면 나는 이혼하지 않은 사람들보다 두 배는 더 조심하고 어색함과 마주해야 하는 것일까? 그것 참 곤란한 일이다. 그렇게는 피곤해서 살 수가 없다. 어떻게 해야 할까?

우리 모두 솔직해지자. 내가 내린 답이다.

사람들은 결혼을 사랑의 결실이라고 말한다. 결혼은 사랑하는 두 사람이 함께하는 새로운 출발이라며 호들갑스러울 정도로 축하한다. 나는 결혼은 정말 해볼 만한 것이라고 생각한다. 나도 결혼하는 사람들을 진심으로 축하한다. 그렇지만 결혼이 난리법석을 떨며 꽃길을 운운할 만큼 축하할 일도, 축하받을 일도 아니라고 생각한다. 결혼하는 사람 중에 과연 몇 퍼센트가 사랑해서, 좋아 죽고 못 살아서 결혼할까? 상당수의 사람들이 서로 조건이 맞고 같이 사는 게 나쁘지 않을 것 같아서 결혼한다. 20세기 초까지만 해도 부부가 결혼식 당일 처음 얼굴을 보지 않았던가?

사랑의 결실을 결혼으로 맺는 사람은 무척 운이 좋은 경우다. 생각보다 많은 사람들이 조건에 맞는 이성을 만나 결혼한다. 나이가 들고 알았다. 이런 경우가 아주 흔하다는 것을. 사랑하는 두 사람이 만나서 함께 새로운 삶을 시작하는 것이 결혼이라는 것은 어린 소녀가 꿈꾸는 달콤한 세상에만 존재하는 것일지도 모른다. 어쩌면 세상살이가 지루한 우리 사회가 걸어놓은 최면일지도 모른다. 아쉽게도 이것은 사실이다.

이혼은 어떨까? 사람들은 이혼은 서로에게 상처를 주고 아픔이 있어 하는 것이라고 여긴다. 틀린 말은 아니다. 앞에서도 이야기했지만 사유 없는 이혼이란 없다. 그것이 상처든 아픔이든 뭐든 간에 이유가 있고, 그 이유는 각 개인의 힘으로는 견딜 수 없거나 견딜 의지가 없을 때 이혼한다. 우리가 이혼한 사람들 앞에서 조심스럽게 행동하는 것은 이혼은 아픈 것이라는 고정관념을 가지고 있기 때문이다. 아픈 사람을 세심하게 배려해야 하는 것은 당연한 일이니까.

하지만 생각해보면 상처와 아픔은 이혼하기 전, 혼인이 유지되는 기간 동안 벌어진 일이다. 이혼하면 상처를 주는 상대를 매일 보지 않아도 된다. 두고두고 분할 수는 있지만 이혼과 동시에 눈앞에 맞닥뜨린 괴로움에서 벗어날 수 있다. 그래서 이혼은 정말 축하해줘야 할 일이다. 이혼한 사람을 무리하게 위로할 이유가 없다. 별것도 아닌 걸로 실수했다 생각하며 자책할 필요도 없다.

사실 어색한 분위기를 만드는 것은 이혼한 당사자인 경우가 더 많은 것 같다. 대체 형부의 형은 왜 아무 데도 돌아다니지 않을까? 이혼이 무슨 큰 잘못인가? 이혼한 사람들이 두문불출하고 우울해하니까, 홀로서기를 운운하며 외로워하니까 사람들이 조심하는 것이다. 인생은 원래 홀로서기다. 뭔 신파인가?

솔직히 혼인이 유지되는 동안은 외롭지 않았나? 남편이 있고 아내가 있고, 아이가 있고 부모가 있고 친구가 있어도 우리는 외롭지 않은가? 배우자와 원수처럼 살아도 결혼생활을 유지하면 외롭지 않고 이혼하면 외로워지는 것인가? 결혼생활을 유지하면서 느끼는 외로움이 이혼 후 느끼는 외로움보다 더 클 수도 있지 않은가?

인간은 원래 외로운 존재다. 외로움은 우리 모두의 삶에 녹아 있는 일상의 한 부분일 뿐이다. 우리 모두가 이 사실에 좀 더 솔직해진다면 누구의 잘못도 아닌 이혼 앞에서 더 자유로워지지 않을까?

로맨스가 시작됐다

"벽에 내 사진 붙여놓고, 잠도 못 자고 오로지 내 생각만 해요."

박찬욱 감독의 영화 〈헤어질 결심〉에 나오는 대사다. 나는 이 대사가 참 좋다. 구어체에서는 좀처럼 사용하지 않는 '오로지'라는 부사의 사용도, 배우 탕웨이의 중국식 억양도 마음에 들었다. 특히 그녀의 억양으로 말하는 서술어 '해요'…. 매료되었다. 설렜다.

이 대사는 여자 주인공 서래가 남자 주인공 해준에게 고하는 이별 인사다. 이렇게 설레는 작별 인사라니…. 이렇게 촌스럽고 노골적인 사랑 고백이라니…. 그런데 이토록 우아할 수 있다니….

누군가에게 이런 말을 들으면 어떤 느낌일까?

그러고 보니 나는 이런 말을 누구에게도 한 적이 없다. 특히 한국어로는 그 비슷한 말도 한 적이 없다. 내가 아는 다른 외국어로는 할 수 있는 말을 한국어로는 못하는 경우가 종종 있다. 아마도 내가 한국어에 가장 능숙해서일 것이다.

4년째 이혼 소송 중인 친구가 있다. 프랑스에서는 흔한 일이다. 재산 분할에 대한 합의가 이루어지지 않으면 이혼하기까지 3~4년씩 걸린다. 친구도 같은 이유로 이혼이 늦어지고 있다. 친구가 얼마 전 내 책《나는 프랑스 책벌레와 결혼했다》를 읽었다며 전화를 했다. 책을 읽는 내내 나와 에두아르에 대해 많은 생각을 했다고 한다.

"에두아르에 대해 이렇게 잘 알고 있고 이해하면서 왜 이혼하려고 하는지…. 그래도 이혼하려고 하는 너의 마음이 어떨지…. 너의 이혼과 나의 이혼이 너무 달라 부러운 만큼 마음이 아팠어."

"그 웃긴 책을 읽고 마음이 왜 아파?* 글 쓴 사람 좌절하게!"

* 정말 웃기게도《나는 프랑스 책벌레와 결혼했다》는 나만 빼고 다들 웃기다고 말한다.

친구가 우리의 이혼을 진심으로 안타까워하는 것 같아 딴소리를 했다. 무엇보다 우리의 이혼이 부럽다는 친구의 말이 마음 아파서 딴청을 피웠다. 딴청은 좋은 위로 방법 중 하나라고 생각한다.

친구는 한국에서 초등학교 교사로 일했다. 선생이라는 직업의 가장 좋은 점은 휴가 일수가 많다는 것이다. 1990년대 중반 여름방학을 맞아 친구는 파리에 혼자 배낭여행을 왔다. 어느 날, 그때나 지금이나 파리 지하철에 득실대는 소매치기가 그녀의 배낭을 털려고 했다. 친구는 그것도 모르고 있었는데, 그때 그녀를 소매치기로부터 구해준 것이 지금의 남편이다. 나는 이 이야기를 처음 들었을 때, 그런 일이 실제로 벌어질 수 있구나 싶어 설레기까지 했다. 그들의 인연은 이렇게 영화처럼 시작되었다. 그날 그는 친구를 따라 지하철에서 내려 여행 중에 무슨 일이 생기면 연락하라며 전화번호를 주었다. 친구는 그날 이후 아무 일도 없었지만 그에게 연락을 했고, 파리에서 한국으로 돌아오기 전 자신의 연락처를 주었다. 그래도 그가 진짜 연락할 줄은 몰랐다고 한다. 그런데 그가 연락처 하나만 달랑 들고 친구가 살고 있던 부산에 나타난 것이다. 그냥 여행 온 것도 아니었다. 한국어를 공부하기 위해 대학의 어학연수 코스에 등록까지 해놓았다. 정말 이쯤 되면 로맨틱의 끝판왕 아닌가? 나는 친구의 이야기를 들으며 짜릿하다 못해 소름까지 돋았다. 아! 정말 그때 친구는 어떤 기분이었을까? 나도 모르게 "부럽당!" 소리가 절로 나왔다. 그렇게 두 사람의 연애가 시작되었고 이듬해 친구는 학교에 사표를 내고 그를 따라 프랑스에 와서 결혼했다. 친구는 아이를 낳고 프랑스 국적을 취득하고 간호사 자격증도 따서 간호사로 일한다. 그리고 몇 년 전부터 이혼 소송 중이다.

"우리가 어쩌다가 이렇게 됐는지… 모르겠어." 친구가 말했다.

그러게, 그들은 어쩌다가 그렇게 되었을까? 하지만 세상의 거의 모든 일은 어쩌다 보니 그렇게 된 것들이다. 친구의 남편은 이혼 소송이 시작되자 집 근처에 살고 있는 그의 어머니 집으로 들어갔다. 그리고 친구가 출근한 사이 몰래 들어와 물건들을 하나씩 챙겨간다. 오죽하면 이웃 사람들이 친구에게 아직 집에 남아 있는 물건이 있냐고 물어볼 정도다. 그렇게 로맨틱했던 사람이 이 무슨 반전인가 싶지만 그 또한 어쩌다 보니 그렇게 되었을 것이다. 그가 이렇게 나오는 이상 재산 분할에 양보할 생각이 점점 더 없어진 친구는 아직도 팽팽하게 그와 소송 중이다. 나는 그들의 러브스토리가 이렇게 끝난 것이 그저 안타깝다.*

친구는 우리의 이혼을 '정중하다'고 표현했다. 그리고 에두 아르와 나처럼 이혼할 수 있는 것이 부럽다는 말을 하고 전화를 끊었다.

나는 친구의 만남이 부러웠는데, 친구는 나의 이별을 부러워하고 있다. 나는 만남에 있어 가장 필요한 '설렘'이 부러운 거고, 친구는 이별에 있어 가장 중요한 '정중함'이 부러운 것 같다.

영화 〈헤어질 결심〉에서 서래의 또 다른 대사가 떠올랐다.

"한국에서는 좋아하는 사람이 결혼했다고 좋아하기를 중단합니까?"

나는 이 대사를 듣는 순간 머리를 한 대 얻어맞은 느낌이었다. 친구에게 들려주고 싶은 말이 생각났다.

'한국에서는 좋아했던 사람과 이혼했다고 좋아했던 기억이 소멸됩니까?'

이 책을 쓰면서 이혼한 모든 사람들에게 하고 싶은 말이기도 하다. 좋아했던 기억이 소멸되는 것이 얼마나 안타까운 일인지 나처럼 기억을 소멸시켜본 경험이 있는 사람이 아니면 잘 모른다. 좋아했던 기억이 얼마나 소중한 것인지…. 나도 그 기억을

---

* 사연을 책에 쓸 수 있도록 허락해준 친구야, 정말 고맙다. 이 책이 너에게도 도움이 되기를 진심으로 바란다. 다음에 너를 만나면, 꼭 안아주고 싶다.

소멸시킨 후에야 알았다. 좋아했던 기억이 소중한 이유 중 하나는 기억 속에 있는 내가, 행복하기 때문이다. 행복한 자신을 보면서 가장 기쁘고 행복한 사람은 바로 나 자신이다. 나의 행복을 가장 기뻐하는 나와는 관계가 좋아질 수밖에 없다는 것을 나는 오십을 넘겨서, 그것도 이혼을 앞두고서야 겨우 알았다. 이제라도 알아서 다행이다.

한국으로 돌아오는 날, 파리 공항에서 에두아르는 많이 울었다. 나는 울지 않았다. 하지만 비행기 안에서 그가 우는 모습을 지우려 노력해야 했다. 전쟁 때문에 아직도 비행시간이 평소보다 길었다. 울면서 뒤돌아서던 에두아르를, 소매로 눈물을 닦으며 걸어가던 그의 뒷모습을 그 시간 내내 지워야 했다. 계속 떠올라서 그래야 했다.

서럽게 울던 에두아르와 그 모습을 지우려고 애쓰는 나, 우리의 감정이 사랑인지 우정인지 의리인지 욕심인지 선명하게 구분되지 않지만, 모두 한 카테고리 안의 감정이라 굳이 구분 지으려 노력하지도 않았다. 헤어지면서 어떻게 한 번도 울지 않을 수 있겠나? 당연한 거라 생각했다.

인천 공항에는 영은이가 마중 나와 있었다. 이번에는 소리 없이 활짝 웃고 있었다. 영은이는 본인 말대로 당황할 때만 소리 내서 웃나 보다. 나도 빙긋 웃었다.

집에 도착해서 휴대폰을 들여다봤다. 에두아르의 메시지가 와 있었다. 나는 '무사히 잘 도착했고, 내일 통화하자'고 답장을 보냈다.

그날 이후 우리는 거의 매일 통화한다.

"치간 칫솔 새로 산 거 어디에 있어?"

"욕실 문 옆 가구 서랍 열어봐."

"너 내 구두끈 새로 산 거 치웠냐?"

"풉, 또 구두끈*이냐?"

에두아르가 오전에 신고 나간 구두에 구두끈이 없다는 사실을 오후 늦게야 알아채고 내게 전화했을 때의 황당함이 떠올라 웃음이 났다. "너 혹시 오늘 집 앞 전철역에서 구두끈 떨어진 거 못 봤어? 내 신에 구두끈이 없어…." 구두끈이 지렁이냐? 실뱀이냐? 혼자 움직여서 빠져나가게? 그랬다 치더라도 누가 전철역에 떨어져 있는 구두끈을 기억하겠나 싶어 기가 막혔었다. 그런 생각을 한 에두아르의 머릿속은 대체 어떻게 되어 있을까 궁금했다.

---

* 구두끈에 관한 에피소드는 《나는 프랑스 책벌레와 결혼했다》 프롤로그에 나온다.

"지난번 영국에서 사온 빨간색 프랑스어 문법책이 없어졌어. 혹시 내가 어디에 뒀는지 기억나?"

"어? 그거 내가 한국 가져왔는데…. 큭큭. 왜? 필요해?"

"우씨! 필요하니까 샀지! 왜? 한국 가서 프랑스어 공부하시게?"

"왜? 하면 안 돼? 필요하면 보내줘?"

"됐어! 잘 가져갔어. 그냥 없어져서 물어본 거야. 네가 가지고 있으면 됐어."

우리의 대화는 죄다 이런 내용이다.

책을 쓰느라고 바쁜 요즘, 노트북 앞에 앉아 있다 보면 하루가 금방 가버린다. 그러고 보니 나흘이나 에두아르와 통화하지 않았다. 생각난 김에 전화를 했다.

"오늘 뭐 했어? 수업 없는 날이잖아."

"으응…. 오전에 심리상담 받고… 오후에는 숲에서 뛰었어."

"심리상담은 왜? 우울해서?"

"응…."

"그래…. 잘했어."

아무렇지도 않게 말했지만, 에두아르가 우울한 것이 여간 신경 쓰이는 게 아니었다. 나도 모르게 불쑥 말했다.

"Edouard, je suis là.* Tu n'es pas seul(에두아르, 내가 여기 있어. 넌 혼자가 아니야)."

말을 해놓고 보니, 나도 이렇게 낯간지러운 소리를 할 수 있구나 싶어 조금 멋쩍었다. 아마 한국어가 아닌 프랑스어라서 가능했는지도 모르겠다. 아무튼 말하기를 잘했다는 생각이 들었다. 에두아르의 목소리가 바로 밝아졌다. 다행이다.

전화를 끊고 기분이 묘했다. 뭐랄까, 색다른 로맨스가 시작되는 느낌이랄까? 물론 에두아르와 다시 합칠 생각은 전혀 없다. 어쩌면 나는 로맨스가 필요했던 건지도 모르겠다. 사랑도 우정도 아닌, 그런 색다른 로맨스. 설렌다. 힐링하는 느낌이다. 어쩌면 우리 삶에서 최고의 힐링은 로맨스가 아닐까? 이혼하길 정말 잘했다. 이혼하지 않았다면 어떻게 그와 이런 느낌을 받을 수 있겠는가?

---

*   내가 말한 'je suis là'는 우리말로 '내가 여기 있다'라는 의미이지만 내가 말한 프랑스어 원문의 뉘앙스와는 조금 다르다. 한국어보다는 영어로 번역하는 것이 뉘앙스 전달에 더 용이하다. 영어로 직역하면, 'I am here'인데 나는 'Here, I am'의 뉘앙스로 말했다.

나의 가장 특별한 친구

밤 12시, 전화벨이 울렸다. 발신자도 확인하지 않고 바로 받았다. 당연히 에두아르라고 생각했다.

"알로?"

"뭐야? 왜 불어로 전화 받고 지랄이야?"

"명건이니?"

"그래, 나다수아. 꼼데가르송 아직 안잤수아 프랑수아?"

"어휴, 붕신. 왜 이 시간에 전화하우마? 니 웨이 지랄하우러?"

결혼 후 대만에 살고 있는 명건이는 아내가 아이들과 함께 열흘 동안 여행을 떠나서 자유의 몸이라고 했다. 명건이는 이틀에 한 번 투석을 받아야 해서 여행할 수가 없다. 그 늦은 시간에 정말 오랜만에 오래된 친구와 추억 소환 잡담을 했다. 오십을 넘긴 나이에 누구와 이런 유치한 장난으로 대화를 할 수 있을까? 오랜 친구들이 주는 축복 중 하나는 이들과 함께 있으면 바보짓을 해도 괜찮다는 것, 이라고 미국의 철학자 랠프 왈도 에머슨이 말했다.*

30년 전 우리는 외국의 도시에 있었고, 옆에 부모님이 없었으며 둘 다 자취를 했다. 무엇보다도 우리는 20대 초반이었다. 상상해보라! 우리가 얼마나 자유로웠을지를. 또 얼마나 또라이짓을 했을지를. 그리고 우리에게 얼마나 많은 추억이 있을지를.

전화를 끊기 전, 여전히 내가 걱정인 명건이가 물었다.

"진짜 괜찮은 거지? 내가 투석만 받지 않아도 너를 보러 당장 서울에 갔을 거야."

"알아. 내가 대만에 갈게. 네가 많이 아픈데, 아직도 못 가봐서 미안해. 넌 나의 베스트 프렌드인데. 아, 넌 이제 내 베프 아니다. 내 세컨드야."

---

* 이 문장을 내 책《사무치게 낯선 곳에서 너를 만났다》에서도 언급한 적이 있다. 친구들과 바보짓을 많이 하다 보니 자주 언급하게 된다. 인생을 풍성하고 값지게 만드는 것은 친구와의 우정이라고 생각한다. 이에 대해 머리가 아닌 몸으로 쓴 책이《사무치게 낯선 곳에서 너를 만났다》이다.

"왜? 이제 네 베프는 누군데?"

"에두아르지!"

명건이는 잠시 머뭇거리더니 말했다.

"아, 그렇구나. 그래, 잘됐다. 근데, 알지? 원래 본처보다 세컨 드가 더 사랑스러운 거?"

"뭐? 야! 그냥 너 베프 하자. 전화 끊어, 붕신아!"

그렇게 새벽 2시까지 통화했다.

이혼해서 좋은 점 중의 하나가 늦은 밤 친구와 새벽까지 통화할 수 있다는 것이다. 결국 욕으로 마무리된 대화였지만 통화하는 내내 우리는 행복했다. 우리의 첫 만남부터 우리가 하고 다녔던 말도 안 되는 장난들, 찬란하게 즐거웠던 젊음을 우리는 아끼고 사랑한다. 무언가를 사랑하고 애정하는 사람을 보고 있으면 마음이 좋다. 사랑한다는 것은 그 자체로 아름답기 때문이다. 나는 내 젊은 시절을 사랑한다. 그런 내가 좋다.

서울에 도착한 지 한 달이 지났다. 소미 언니가 서울에 왔다. 언니가 서울에 도착한 날 전화를 했다.

"내가 시차 적응하고 한 2주 후에 연락할게. 그때 보자!"

잘됐다고 생각했다. 8월까지 원고를 마감하기로 출판사와 약속했기 때문에 사람을 만날 시간이 없다. 집에서 글만 쓰고 있다. 내가 한국에 와 있다는 사실을 아는 사람도 몇 명 없다. 일부러 알리지 않았다. 글 쓰는 데 집중하고 싶었다.

2주가 아닌 이틀 후, 소미 언니가 저녁을 같이 먹을 수 있냐고 했다. 원고 마감이고 뭐고 잽싸게 달려 나갔다.

5주 만에 만나는 거였지만 마치 5년 만에 만난 것처럼 반가웠다. 항상 파리에서만 만나다가 서울에서 만나니 색다른 느낌이었다. 공간과 장소가 우리에게 주는 설렘은 마치 풍성한 한가위 선물처럼 푸근하고 다정하다.

언니는 에두아르에게 혼자 있는 시간이 필요할 것 같아 그동안 일부러 연락하지 않았다고 했다. 언니가 프랑스로 돌아가기 전날, 에두아르가 좋아하는 호두과자와 제주산 녹차를 전해달라고 부탁했다.

일주일 후 언니가 전화를 했다. 에두아르를 만나 내 선물을 전했다고 했다.

"에두아르가 반쪽이 되었어. 안 그래도 말랐는데, 더 말랐더라. 혼자 있으면 아무래도 잘 안 챙겨 먹게 되지. 당연한 거니까, 걱정하지 말고. 시간이 지나면 에두아르도 나아질 거야. 걱정하지 마."

언니는 괜한 소리를 했나 후회하는 듯, 걱정하지 말라는 말을 반복했다. 언니가 아무리 걱정하지 말라고 해도 나는 에두

아르가 걱정된다. 왜 바보처럼 끼니도 제대로 챙겨 먹지 않는
건지…. 친구가 끼니를 챙겨 먹지 않아 살이 빠졌다고 해서 이
렇게까지 걱정이 되기는 처음이다.

　친구로 인해 마음이 아픈 것보다 친구가 걱정되는 것이 더
깊은 감정인지도 모른다. 우리는 생판 모르는 사람의 딱한 사
연에도 마음 아파하지만 그 사람을 계속 걱정하지는 않으니까.

　소미 언니와 통화를 하고 며칠 후, 프랑스에 살고 있는 친구
들 단톡방에서 카톡 소리가 끊이지 않았다. 이번 주말에 진녕
이와 프랑수아 커플이 바비큐 가든파티를 열 계획이라는 공지
와 함께 올 수 있는 친구들 명단을 확인하는 메시지였다. 메시
지를 보는 순간, 에두아르가 그 파티에 가서 고기를 많이 먹었
으면 좋겠다는 생각이 들었다. 진녕이와 프랑수아의 집은 우리
집…, 아니 이제는 에두아르의 집에서 차로 10분도 걸리지 않
는다. 카톡을 사용하지 않는 에두아르는 이런 파티가 있는지도
모를 터였다. 진녕이에게 전화해서 에두아르도 초대해주면 안
되냐고 물어보고 싶었지만, 부담을 주는 것 같아 참았다.

　바비큐 파티 이틀 전, 에두아르는 한 박물관에서 찍은 사진
을 내게 보내왔다. 웬일로 셀카를 다 찍었다. 사진 속 에두아르
는 소미 언니가 말한 대로 많이 야위어 있었다. 나는 에두아르

에게 대충 답장을 보내고 바로 진녕이에게 전화했다.

"진녕! 잘 지내? 저기 있잖아… 내일모레 너희 집에서 하는 바비큐 파티에 에두아르도 초대해주면 안 될까? 에두아르가 갈지는 모르겠지만, 일단 그냥 초대만…."

"훗. 당연히 초대했지. 에두아르도 파티에 온다고 했어!"

감동했다. 정말 고마웠다. 나는 고맙다는 말을 연거푸 했고, 진녕이는 그게 왜 고맙냐며 웃었다.

이틀 후 친구들은 파티에서 찍은 사진을 단톡방에 올렸다. 에두아르가 활짝 웃으며 친구들과 있었다. 나는 바로 메시지를 날렸다.

'의리 있는 나의 친구들! 모두 사랑해~!'

내 메시지 밑으로 언제나 친언니처럼 나를 챙겨주던 희선 언니의 메시지가 바로 달렸다.

'너를 못 잊어….'

그리고 그 밑으로 친구들의 하트 이모티콘이 연달아 달렸다. 울컥했다. 내 책《사무치게 낯선 곳에서 너를 만났다》에 썼듯이 우정은 감동이다.

다음 날 에두아르에게 전화했다.

"어제 재밌었어? 고기도 많이 먹고?"

"응, 너무 많이 먹었어! 고기 굽고 있는데 갑자기 비가 와서 생쇼를 했어. 재밌었어! 정말 좋은 친구들이야."

"그렇지? 프랑스에 있는 나의 베스트 프렌드들이야! 아니, 우리의 베스트 프렌드!"

"넌 베스트 프렌드가 왜 이렇게 많아? 지난번엔 내가 너의 베스트 프렌드라고 하지 않았어?"

"그러게 다들 베스트 프렌드급이라, 우열을 가리기 힘드네. 그래서 너는 더 이상 나의 베스트 프렌드가 아니야."

"왜?"

"넌 나의 베스트 오브 베스트 프렌드야."

에두아르가 큰 소리로 웃었다.

전화를 끊고 문득, 얼마 전 우연히 듣게 된 노래의 후렴구 가사가 떠올랐다. 일본 밴드 마카로니 엔피츠의 〈아무것도 아니야なんでもないよ〉라는 곡이다.

보고 싶다거나, 옆에 있고 싶다거나, 지켜주고 싶다거나
그런 게 아니라, 그저 나보다 먼저 죽지 않기를 바라

나는 이제 더 이상 에두아르보다 먼저 죽고 싶은 마음이 없다. 그저 그가 나보다 먼저 죽지 않았으면 정말 좋겠다. 노래가

다시 듣고 싶었다. 이번에는 맨 마지막 가사가 머릿속에 오래 남았다.

너와 있을 때의 내가 좋다

그렇다. 그 사람과 같이 있으면 좋은 이유는 그 사람이 좋아서이기도 하지만 그 사람과 있을 때의 나 자신이 좋기 때문이다. 행복한 나 자신을 보는 것이 좋은 것이다.

나는 그동안 에두아르와 함께 있는 나를 좋아하지 않았다. 이혼 후 그와 통화할 때의 나도, 그를 떠올리는 나도 좋다. 우리가 재회하는 날, 나는 내가 참 좋을 것 같다. 나의 베스트 오브 베스트 프렌드와 함께 있는 행복한 나를 보는 것이 무척 좋을 것 같다.

주영에 대하여

by 에두아르

번역 : 이주영

　마치 오래된 슬라이드 필름을 보고 있는 듯, 수많은 기억의 이미지들이 딸각딸각 소리를 내며 머릿속을 스칩니다. 찰칵찰칵, 영사기의 소음은 쓸쓸한 침묵을 깨뜨리고 늘어난 체중과 빠진 머리카락에 대한 자조적인 빈정거림을 멈추게 합니다.

　슬라이드 필름의 시작은 어디일까요? 흠잡을 데 없는 화장을 한 그녀의 우아한 얼굴. 그녀에 대해 아는 게 거의 없었던, 내가 어떤 언어로 말을 걸어야 할지 몰랐던 주영이 로마의 성당과 궁전의 파사드 앞에 서 있는 모습이 또렷하게 보입니다.

　언제 누구와 처음 봤는지 오래도록 기억하게 만드는 거장들의 대작을 보러 가자는 내 제안을 주영은 받아들였습니다. 산 피에트로 인 빈콜리 성당*에 있는 미켈란젤로의 광기 어린 꿈의 파편들과 산루이지 데이 프란체시 성당**의 카라바조의 작품들, 우리가 지금껏 봐왔던 모든 그림들을 단번에 변색시켜버리는 불꽃같은 작품들.

그 보물더미 속을 나와 함께 정신없이 걷는 주영은 지친 내색이 없습니다. 그 대작들 앞에서 내가 받은 감동과 환희를, 주영도 아무 말 하지 않지만 나와 공유하는 것 같습니다.

내 머릿속 영사기 안 또 다른 사진에서 주영은 파리 바가텔 공원에서 미소 띤 얼굴로 하늘을 올려다보며 감탄하고 있습니다. 삶에 대한 기쁨과 미래에 대한 무한한 자신감에 차 있는 그녀의 모습. 이 사진은 그저 한 장의 사진일 뿐, 덧없는 한순간을 포착한 착각일지도 모르지만, 너무도 아름다워 그 어떤 것도

---

* 산피에트로 인 빈콜리 성당(Basilica di San Pietro in Vincoli)은 로마에 있는 성당 가운데 하나다. 에우독시아나 성당(Basilica Eudoxiana)이라고도 불린다. 성베드로 사도가 예루살렘의 감옥에 갇혔을 때 그의 몸을 묶었던 쇠사슬 유물을 보관하기 위해 432~440년에 걸쳐 건설되었으며 미켈란젤로가 조각한 웅장한 모세상이 있는 장소로 유명하다.

** 산 루이지 데이 프란체시 성당(Chiesa di San Luigi dei Francesi)은 로마의 나보나 광장 근처에 위치한 성당이다. 이곳에 있는 카라바조의 그림을 보기 위해 관광객들의 발길이 끊이지 않는다.

가려버리며 빛나고 있습니다.

여기는 산속입니다. 스키복으로 무장한 주영은 마치 첫걸음
을 내딛는 어린아이처럼 긴장한 기색이 역력합니다. 우리가 자
주 갔던 노르딕 스키장의 지나치게 잘 다져진 눈 위에서 그녀
는 두 손으로 스키폴을 꼭 쥐고 매번 늘 같은 장소에서 피할 수
없던 엉덩방아의 돌발상황에 만전의 준비를 하고 있습니다. 그
럼에도 그녀는 좌절하지 않습니다.

주영은 나의 병든 어머니의 좋은 친구입니다. 도움이 절실했
던 어머니 앞에서 그녀의 부드러움은 강인함으로 바뀌었습니
다. 어머니에게 주어진 시간의 끝이 다가와 정신이 혼미할 무
렵 어머니가 내게 말했습니다. 어머니가 발음할 수 있었던 거
의 마지막 말이었습니다.

"오! 너희가 이혼했다니!"

아니요, 엄마… 우리는 이혼하지 않았어요. 하지만 어머니는
두려움에 떨었습니다. 아마도 어머니에게는 죽음에 대한 두려
움이 더해진, 이 세상에서의 마지막 두려움이었을 것입니다.

슬라이드 필름 안에는 시련 속 굳은 표정의 주영도 있습니다.

산에 가든 자전거를 타든 어디에 가든 내 뒤를 졸졸 따라다니던* 주영이 스스로에게 주었던 시련입니다. 반복되었던 몇십 킬로미터의 자전거 타기… 목표까지 몇 킬로미터를 남겨두고 그녀는 길바닥에 뻗어버립니다. 주영은 곧 다가올 근육통 증상을 늦추고 집으로 돌아갈 힘을 비축하느라 그렇게 완전히 뻗어서는 굳은 표정으로 나를 노려보며 말합니다. "더 이상 못 가!"

어떻게 그녀가 완전히 지쳤다는 것을 믿지 않을 수 있겠습니까?

하지만 우리가 선택하지 않은 시련도 있습니다.

각자가 살아온 과거의 시련들, 마치 상처를 보호하기 위해 붙이는 드레싱 밴드처럼 삶으로부터 자신을 더 잘 보호하려고 들고 있는 방패막 같은 과거의 시련들 말입니다. 그것을 떼어내는 것은 우리에게서 다른 것들을 지워버리는 것과 같기에 그것은 또 다른 시련이 아닐 수 없습니다. 마지막으로 우리 안에 자리 잡은 죽음의 시련은 여전히 은밀하고 만질 수 없는 그림자처럼 우리를 감싸고 있습니다. 함께 산다는 것은 서로가 늙

---

* 나는 맹세코 에두아르의 뒤를 졸졸 따라다닌 적이 단 한 번도 없다. 나는 그에게 질질 끌려다녔다.

어가는 모습을 지켜보는 것입니다.

과거의 왜곡된 배신과 두 번의 자연 유산, 이 모든 시련 앞에
서 한없이 길게만 느껴졌던 비 내리는 날들, 이 모든 시련 앞에
서도 삶에 대한 주영의 맥박은 멈추지 않습니다.

하던 일을 멈추고 그만 자야 할 시간이라는 것을, 저녁을 먹
어야 한다는 것을 알려주는 절대적으로 확실한 시계입니다.

그녀는 영양을 공급하는 영양사이자, 계획성 없이 시간을 보
내고 집 안이 엉망이 되는 것을 방지하는 해결사이자 은혜를
베푸는 자선가입니다. 입에 담기에도 창피한 구태의연한 단어,
'현모양처'라는 말이 아닙니다. 어둠의 힘에 맞서는 부드러운
갑옷을 입은 용사처럼 하루하루 게으름 피우며 흐트러지는 나
를 지켜주는 자비로운 보호자입니다. 여기저기에서 상처를 받
아 무거운 회색빛 마음으로 집에 돌아온 나를 주영은 금방 알
아차립니다. 그녀는 사려 깊게 그런 나를 마음으로 보듬습니
다. 어디선가 용기의 파편을 주워 모아 나에게 기운을 가져다
주는 그런 보호자입니다.

원고와 그림 마감 시간에 쫓겨도 그녀는 부엌에서 거의 매일
다른 요리를 상상하며 다음 날을 위한 준비까지 합니다. 시간

이 촉박해 어쩔 수 없이 다 만들어진 음식을 사온다 해도 주영은 그 위에 토마토, 발사믹 소스 한 방울, 씨앗 한 줌, 샐비어나 타임 한 줄기를 추가해 미묘한 색깔의 조화를 주는 것으로 그녀의 명예를 지킵니다.

"음식은 눈으로도 맛있어야 해."

그녀가 반복하던 말입니다. 짜증과 우울함을 없애버리는 그녀만의 모든 비밀 재료들을 여기서 다 말할 수는 없을 것 같습니다.

주영은 시간의 흐름을 멈추게 할 뿐만 아니라 매달 매년의 주기를 기록합니다. 내 생일이 되면 주영은 내가 아는 모든 언어로 된 인용문을 곱게 써넣은 생일 카드를 준비합니다. 그녀가 주의를 기울여 그린 너무도 우아하고 풍성한 색채로 채워진 그림 위에는 오비디우스의 사랑의 시, 괴테의 4행 시와 단테의 3행 시, 호메로스의 명언들이 필사되어 있습니다. 그 안에는 그녀가 모르는 언어를 비뚤배뚤 베껴 쓰다 저지른 귀엽고 맛깔스러운 실수들이 있습니다. 주영은 자신의 생일날에도 그녀가 내게 준 것과 같은 선물을 받아야겠다고 나를 협박합니다. 주영은 내가 그런 그림을 그릴 수 없는 사람이라는 사실에 익숙해지려 최선을 다해 노력합니다. 협박이 끊이지 않았던 걸로 봐서 노력을 해도 쉽게 익숙해지는 일이 아니었던 것 같습니다.

삶에 대한 의심과 침묵의 위협으로 우울함이 몰려올 때, 그것을 물리치는 사람은 언제나 주영입니다. 마주 앉아 식사를 할 때마다 집에 홀로 남아 고독하게 글쓰기와 씨름했을 그녀가 이야기를 시작합니다. 주영은 자신의 이야기가 우리 둘 모두에게 충분히 즐거울 거라는 확신을 가지고 종알거립니다.

지금 우리는 거리를 두고 떨어져 있습니다. 무엇이 우리를 멀리 떨어뜨려놓았을까요? 지금 내 옆에는 미소처럼 감미로운 그녀의 목소리만이 남아 있습니다. 이제 그녀의 목소리로 전해오는 모든 단어가 나에게 말하는 것 같습니다. 왜, 왜?

그녀의 말소리는 내게 후회라는 감정을 주는 것이 아닙니다. 나와 그녀 안에 본질적인 것이 남아 있다는 연약한 확신을 던집니다. 삶이 아직 마지막 말을 하지 않았다는 확신을 줍니다.

Sur Juyan pour Juyan[*]

Édouard Vallery-Radot

Les images se détachent dans le fourmillement de la mémoire et je me les repasse comme les diapositives d'autrefois : clic-clac, faisait le projecteur, interrompant le silence mélancolique ou les commentaires moqueurs sur les kilos gagnés ou les cheveux en fuite.

Où commence la projection ? Élégante, le visage impeccablement maquillé, Juyan que je connais à peine, avec qui je ne sais pas très bien quelle langue parler, détache sa silhouette sur les façades des églises et des palais de Rome··· Elle a consenti à m'accompagner pour découvrir une de ces œuvres maîtresses dont on se souvient quand et avec qui on les a vues pour la première fois : les fragments d'un rêve fou de Michel-Ange à Saint-Pierre-aux-Liens, et les Caravage de Saint-Louis-des-Français, ces toiles dont le flamboiement fait pâlir d'un coup tous les tableaux qu'on a pu voir jusque-là.

---

[*] 에두아르의 프랑스 문장이 아름다워서 원문 전문을 싣는다.

Juyan, jamais lasse malgré nos marches folles parmi l'amoncelle-ment des trésors, semble partager, sans savoir ni oser le dire, mon enthousiasme et mon émotion···.

Clic-clac··· Juyan émerveillée sur cette photo d'elle dans un parc parisien, à Bagatelle, regardant en souriant vers le ciel – l'image même de la joie de vivre et de la confiance sans limite en l'avenir. Ce n'est qu'une photo, qu'un instant fugitif et trompeur peut-être, mais il est si beau qu'il illumine tous les autres···.

Ici, en montagne, skieuse toute emmitouflée, Juyan inquiète, tendue comme un enfant qui s'élance pour son premier pas : elle tient ses bâtons, mains serrées, s'apprêtant à supporter sans faiblir une chute quasi inéluctable, et qui dut en effet survenir – comme à chacun de nos passages au même endroit – mais sans se laisser dé-courager – sur la neige trop bien damée d'une piste de skating···.

Juyan c'est aussi la bienfaisante accompagnatrice de ma mère malade, c'est la tendresse changée soudain en force quand il en fallait tant pour la secourir. Et ma mère me disait alors que l'heure approchait et que grandissait sa folie – ce sont les derniers mots qu'elle put prononcer : « Vous avez donc divorcé tous les deux ! »

Non nous n'avions pas divorcé··· Mais elle le craignait et ce fut sans doute avec la peur de sa mort sa dernière peur.

Il y a aussi cette Juyan au visage durci dans les épreuves···. Epreuves qu'elle s'impose à elle-même en voulant me suivre partout, en montagne et même à vélo – à vélo sur plusieurs··· dizaines de kilomètres – mais jusqu'à épuisement à peu près complet, me dit-elle, et comment de pas la croire quand elle doit s'allonger sur le dos au bord de la route, à quelques kilomètres du but, pour récupérer quelques forces et retarder les courbatures qui menacent.

Mais il y a aussi les épreuves que nous ne choisissons pas. Celles de notre passé à chacun, ce passé que nous endossons comme une seconde peau pour mieux nous défendre de la vie, de sorte qu'arracher celle-là c'est aussi nous dépouiller de l'autre. Epreuve enfin de la mort, logée au-dedans de nous, ombre encore discrète, impalpable, qui nous enveloppe du simple fait que passent les mois et les années, puisque vivre ensemble c'est aussi se voir vieillir dans les yeux de l'autre.

Mais devant toutes ces épreuves, les fausses trahisons du passé et les enfants perdus, et les interminables journées de pluie où les heures s'égrènent comme des années, Juyan c'est surtout l'inextinguible pulsation de la vie, l'horloge infaillible qui fait prendre conscience du temps qui passe et qu'il faut bien s'arrêter, dormir ou dîner··· C'est la Dispensatrice, la déesse nourricière, ordinatrice, qui empêche les heures et les choses de retourner au chaos originel··· Pas la simple et merveilleuse « fée du logis » dont on a honte de parler tant cela paraît d'un autre temps, mais plutôt la douce armure contre les forces de la Nuit, la protectrice bienfaisante qui défait jour après jour la tentation du laisser-aller, la glaneuse aussi, au retour d'une journée plus grise et terne que les autres, des miettes de courage que mon cœur endolori ne peut s'empêcher de semer ici ou là, miettes qu'elle sait percevoir, recueillir et soigner.

Même quand les contraintes s'accumulent aussi sur elle – un livre qu'il faut finir, un dessin à terminer – presque une heure avant le terme fixé, elle est dans la cuisine à imaginer chaque jour un plat différent, tout en lançant les préparatifs de celui du lendemain. Et quand le temps n'attend plus et qu'il faut recourir aux facilités du déjà-prêt, elle met son point d'honneur, ajoutant ici une tomate, là une goutte de balsamique, une poignée de graines, une branche de sauge ou de thym, à peaufiner une palette aux subtiles harmonies : car « c'est aussi à l'œil de mettre en appétit », répète-t-elle. Pour ne pas parler de tous les ingrédients secrets pour dissiper colères et mélancolies.

Juyan n'arrête pas seulement le déroulement des heures, elle marque le cycle des mois et des années. Pour chaque anniversaires elle me prépare une carte avec une citation dans toutes les langues que je connais : un poème d'amour d'Ovide, une quatrain de Goethe, un tercet de Dante, ou quelques vers d'Homère, toujours enrichis d'un élégant dessin, recopiés avec l'élégance et le soin d'une calligraphe, et parsemés de délicieuses erreurs quand c'est une langue dont elle ne connaît pas un mot. Et elle s'habitue même comme elle peut à ne pas trouver la pareille quand vient le jour du sien, approche intimidante qui m'a rendu une fois de plus bredouille.

Et quand surviennent les ombres du doute et que menace le silence, c'est elle, à l'heure du repas, et non ma mélancolie, c'est elle, restée toute la journée à écrire dans la solitude, qui se met à raconter une histoire, avec plus de conviction et de joie qu'il n'en faudrait pour deux···.

Mais à présent que nous sépare pareille distance, à présent qu'elle n'est plus que sa voix, sa voix claire et douce comme un sourire ? A présent que sa voix semble à chaque mot me dire : pourquoi, pourquoi ? Puissent ses paroles ne pas infuser le remords ni le regret, mais la fragile certitude que l'essentiel est resté en moi, en elle – que la vie n'a pas dit son dernier mot.

에두아르의 원고를 받았다.

아름다운, 글이다.

원고 마감 때문에 곧바로 번역해야 했지만 그러지 않았다. 잠시 쉬었다. 그러고 싶었다. 그의 프랑스어는 아름답다. 우아하고 사려 깊다. 역시 내 남편이었던 프랑스 책벌레 에두아르다.

"만지지 마세요! 그것은 당신의 것이 아닙니다. 우리가 그것을 지금 볼 수 있는 것은 천 년 동안 아무도 만지지 않았기 때문입니다."

박물관에 갈 때마다 그가 사람들에게 했던 소리가 귓가를 스친다.

그가 내게 원고를 보낸 후, "네 마음대로 편집해서 번역해도 돼" 했던 것과 정반대의 말이다.

그의 글에 손대지 말자.

그의 글을 우리말로 옮길 때 다소 어색한 부분이 있어도 그
대로 놔뒀다. 에두아르의 글쓰기 방식을 흐트리고 싶지 않았
다. 중간에 웃겨보려 애쓴 부분도 건드리지 말자. 웃기는 문장
을 만드는 것으로 치자면 내가 그보다 한수 위라고 자신하지만
참았다. 천 년 동안 아무도 만지지 않아 천 년 후에 우리가 볼
수 있는 박물관의 전시물처럼 소중히 다루고 싶었다.

번역을 마치고 나서 제일 먼저 든 생각은 '이거 어떡하지?'
였다.

내가 이 책에서 하고 또 한 말들이 수포로 돌아갈 것 같다.
책을 읽은 사람들이 나와 에두아르에게 무슨 말을 할지 짐작할
수 있다.

"왜 이혼한 거야?"

당황하는 에두아르의 모습이 떠오른다. 나는 뭐라고 대답해
야 할까? 책을 처음부터 다시 읽어보세요…. 이렇게 대답하면
될까? 질문은 내게만 했으면 좋겠다. 에두아르가 당황하는 것
이 싫다.

이 책은 일명 '책벌레' 시리즈의 마지막 편이다. 이야기가 이런 식으로 진행될지, 1년 전《여행선언문》을 쓸 때까지만 해도 몰랐다.《여행선언문》탈고 직후에도 출판사에서는 이 시리즈를 계속해서 출간하고 싶어 했다. '프랑스 책벌레와 함께 떠나는 유럽 독립서점 탐방'이나 '프랑스 책벌레의 국어 수업' 등의 주제로도 글을 써달라고 요청했다. 나는 거절했다. 책벌레 시리즈는《여행선언문》을 마지막으로 더 이상 쓸 생각이 없었다. 에두아르를 이용해서 무언가를 하고 싶지 않다는 마음이 컸던 것 같다. 모든 것을 에두아르에게 의지해서 살던 내가 글마저도 그의 이야기로 채우면 나는 정말 존재하지 않을지도 모른다는 생각이 들었던 것도 같다. 어쩌면 항상 그와의 이혼을 생각하고 있었기 때문인지도 모르겠다.

다음 책에서는 어떤 이야기를 쓸 거냐는 독자들의 질문에, '내가 생각하는 언어'에 대한 이야기를 하고 싶다고, 기대하라고 큰소리쳤다.

그동안 일곱 권의 책을 냈다. 일곱 권 모두 내가 주제를 정하고 쓴 게 아니다. 출판사에서 어떤 주제에 대해 써달라고 요구했다. 처음으로 내가 책의 주제를 정했다. 이 책을 쓰려고 한 의도는 명확했다.

'이혼에 대한 부정적인 생각을 바꾸고 싶다.'

이혼한 사람들이 주위의 걱정스러운 시선에서 벗어나길 바랐다.

그렇다. 나는 이 책을 통해 이혼을 앞두고 있거나 이혼을 고민하고 있거나, 아니면 이미 이혼했거나 가족이나 친구 중에 이혼한 사람이 있는 모든 이에게 우리가 이혼을 어떻게 현명하게 받아들여야 할 것인가에 대해 이야기하고 싶었다.

글을 쓰면서 생각이 조금씩 바뀌었다.

이혼뿐 아니라 본질적으로 관계에 대한 이야기가 하고 싶어졌다. 삶을 살아가는 동안, 매 순간 우리가 느끼는 모든 감정이 우리를 어떻게 변화시키는가에 대해 이야기하고 싶었다. 그 과정에서 모든 관계의 시작점은 나 자신이라는 것을 발견했다. 사람들과 관계를 맺기 전에 우리는 자기 자신과 좋은 관계를 맺어야 한다는 것을, 관계의 기본은 사랑이라는 것을, 글을 쓰면서 배웠다.

에두아르의 마지막 문장을 번역하고 마침표를 찍는 순간, 전화벨이 울렸다.

신기하게도 에두아르였다. 내가 번역을 마쳤는지, 본인의 글이 마음에 들었는지 궁금해했다.

"브라보! 아주 아름다운 글이었어. 그런데 거짓말을 너무 많이 한 거 아니야?"

그는 내 칭찬에 조금 머쓱해하더니, 자신 있게 답했다.

"내 글이 아름다웠는지는 모르겠지만, 나는 단 한 줄도 거짓말을 쓰지 않았어!"

너의 글을 읽고 감동했다고 말한 후, 언젠가 친구 영은이가 내게 했던 말을 그에게 그대로 전했다.

"네가 이 글을 쓰는 동안 힘들지 않았기를…, 행복했기를 바라."

나는 거듭 고맙다는 인사를 하고 전화를 끊었다.

전화를 끊는 순간, 에필로그의 마지막 문장이 하늘에서 떨어졌다.

나는 나 자신과 에두아르의 명예를 위해 앞으로도 계속 글을 쓰겠지만, 그 글들로 책을 만들 수 있을지는 모르겠다. 책을 내고 싶다는 내 욕심을 채우자고 출판사에 피해를 줄 수는 없다. 그저 이 책이 나의 마지막 책이 되지 않기를 바랄 뿐이다.

혹시 나의 마지막 책이 될지도 모를 이 책을,

나는 오롯이 나의 가장 특별한 친구 에두아르에게 바친다.

끝으로, 조금 전 하늘에서 떨어진 문장을 여기에 옮긴다.

Edouard, je suis là. Je suis toujours là et je serai là.

Je serai toujours là.*

오 르부아 에두아르

초판 1쇄 펴냄 2023년 11월 30일

지은이 이주영
펴낸이 이영은
편집장 한이
교정 오효순
홍보마케팅 김소망
디자인 조효빈
제작 제이오

펴낸곳 나비클럽
출판등록 2017. 7. 4. 제25100-2017-0000054호
주소 서울특별시 마포구 동교로22길 49 2층
전화 070-7722-3751 팩스 02-6008-3745
메일 nabiclub@nabiclub.net
홈페이지 www.nabiclub.net
페이스북 @nabiclub
인스타그램 @nabiclub

ISBN 979-11-91029-84-0 03810